REVIENS, LILA

MAGALI LAURENT
avec FRANÇOISE-MARIE SANTUCCI

REVIENS, LILA

BERNARD GRASSET
PARIS

Ce livre n'aurait pas vu le jour sans la solide détermination, l'amitié et le soutien constant d'Émilie Blachère.

Photo de la bande : archives de l'auteur.

ISBN 978-2-246-82507-4

Pour ma Lila,
Où que tu sois
Et qu'il reste pour toujours une trace de toi.

Pour ma fille H.,
Parce que le principal est de se relever après chaque chute.
Tu ne pourras pas tout contrôler dans ta vie,
mais toi seule contrôleras la manière dont tu réagiras.
Quoi qu'il arrive, la vie est précieuse.

À toutes les victimes de terrorisme,
Aux parents endeuillés, ou à la recherche de leur enfant.

« Si tu traverses l'enfer, continue. »

Winston Churchill

« La plus grande gloire n'est pas de ne jamais tomber mais de se relever à chaque chute. »

Nelson Mandela, *Un long chemin vers la liberté*

« Conquérir sa joie vaut mieux que de s'abandonner à sa tristesse. »

André Gide,
Journal 1889-1939

PROLOGUE

« Pourquoi tu viens pas, maman ? »

Cette phrase me hantera toute ma vie, la phrase que tu répétais si souvent, Lila, quand il me permettait de te parler.

Cette phrase me vrillait le cœur. Que pouvais-je te répondre ?

Lui surveillait tout, contrôlait tout. Je devais même éviter de pleurer pour qu'il n'ait pas à s'encombrer de ta peine, une fois nos conversations terminées.

Lui, c'est ton père. Mais comment croire qu'un père ait pu agir ainsi ?

Il m'est très douloureux d'employer le qualificatif de « père ». Encore plus d'utiliser son prénom. Cela l'humanise. Alors que…

Jamais je n'ai pu te révéler ma version de l'histoire. Te dire comment il t'avait arrachée à moi du jour au lendemain. À quel point je voulais ton retour. Même si je te répétais par Skype combien tu me manquais, combien je t'aimais à la folie, je ne pouvais guère aller plus loin dans mes explications. J'avais trop peur de sa réaction, peur qu'il raccroche et de ne plus savoir quand je te reverrais sur l'écran de l'ordinateur et t'entendrais à nouveau…

Jamais je n'ai pu t'avouer ceci : j'étais incapable de te rejoindre. Bien sûr, il insistait pour que je vienne – c'est en tout cas ce qu'il affirmait. Mais il m'a été impossible de traverser cette frontière entre la Turquie et la Syrie, là où vous étiez passés quelques mois auparavant, une vaste plaine avant l'enfer – la Syrie, Raqqa, les bombardements, l'État islamique. C'est là que ton père t'a emmenée, ma Lila, dans l'enfer, et tu n'avais que trois ans et demi.

Quand j'ai eu des nouvelles de toi, début 2016, Raqqa était déjà la capitale de Daech. On commençait à savoir ce qu'il s'y passait. L'enfer, oui. Une tyrannie permanente sous couvert de religion intégriste. Et la mort pour ceux qui essayaient de s'y soustraire.

Je savais qu'en allant là-bas, mes chances de te retrouver étaient infimes – car ton père, derrière ses belles paroles, a toujours entretenu le flou. Sur l'endroit où vous étiez. Sur ce que j'aurais pu faire, concrètement, pour parvenir jusqu'à vous. Je savais surtout qu'en allant là-bas, je tirerais un trait sur ma condition de femme, sur ma liberté. Et probablement sur ma vie.

Mais ne pense surtout pas, ma Lila, que je ne suis pas venue pour d'autres raisons. Parce que je ne t'aurais pas assez aimée, par exemple, comme ton père a dû te le raconter, et comme les mois, les années passant ont pu te le faire croire. En réalité, tu ne m'as jamais quittée. Pas un instant je ne t'ai abandonnée. Inlassablement, j'ai œuvré depuis la France pour te chercher, pour te faire revenir parmi les vivants. Sans succès.

Voilà plus de cinq années que tu as été arrachée à moi. Et plus de trois ans que je suis sans nouvelles de toi.

Je ne sais plus ce que je dois espérer. Que tu sois morte, pour échapper aux maltraitances et aux ténèbres, ou bien vivante, quelque part, brinquebalée entre familles inconnues et camps de réfugiés, m'ayant oubliée, ayant oublié qu'une mère t'attend en France – ayant oublié, aussi, qui tu avais été.

Malgré tout, j'écris ce livre comme on jette une bouteille à la mer.

Si infime soit l'espoir, je n'ai pas le choix : j'espère. Que tu croises cet ouvrage. Que, peut-être, un jour, je te reverrai, ma petite fille rescapée de l'enfer.

J'écris également ce livre pour raconter notre histoire. L'histoire d'une jeune Française banale qui rencontre un homme charmant et forme un couple heureux, et se retrouve la mère d'une enfant merveilleuse, toi. Ensuite, l'histoire déraille, imperceptiblement. Elle devient celle d'une trahison, d'un mensonge, d'une perfidie. Ce qu'a fait ton père, t'enlever à moi pour te conduire dans les abîmes de ce monde, est abominable.

J'aimerais néanmoins que demeure, grâce à ce livre, une trace de notre passage sur Terre, ma Lila, une trace de notre joie de vivre, de notre naïveté aussi. Toi ma chérie, tout comme moi, avons été les victimes de la dérive djihadiste de ton père, mais des victimes « invisibles » à qui l'on n'accorde guère ce statut, et à qui l'on fait même parfois payer, c'est un comble, les actes de leurs propres agresseurs…

Alors oui, ce livre existe pour que l'on comprenne comment des choses pareilles peuvent arriver. De l'amour, passer à la terreur. De la joie, à la mort.

Tout en espérant si fort que tu sois encore en vie, ma fille.

CHAPITRE 1

La dernière fois

Le lundi 19 octobre 2015.

Je sais aujourd'hui que cette journée a été l'une des plus importantes de ma vie.

Pourtant je m'en souviens à peine.

En tout cas, pas autant que je le voudrais.

Comme chaque matin, Lila ouvre les yeux à 7 h 30. Nous dormons dans la même chambre : notre appartement est un deux-pièces et la chambre est aussi grande que le salon. À côté de mon lit, Lila a son petit coin, ses jouets, son lit avec une couette couverte de cœurs qu'elle a choisie dans un grand magasin de meubles suédois.

Nous sommes au 5e étage sans ascenseur d'un vieil immeuble élégant de Puteaux, en banlieue parisienne. Dans notre quartier, familial et tranquille, les immeubles comme le nôtre côtoient pavillons et constructions récentes.

Ce matin-là, il fait gris. Chaque jour, à mesure que l'automne s'installe, le froid pique un peu plus. Rien à voir avec les couleurs chaudes des couchers de soleil, les soirs d'été, quand Lila se colle à la vitre du salon et m'appelle pour que nous regardions ensemble le ciel se teinter de rose ou d'orange.

Lila a trois ans et neuf mois. C'est un bout de chou adorable. Toutes les mères disent ça, je sais. Sauf que Lila, avec ses yeux pétillants, couleur moka, est d'une vivacité et d'une bonne humeur incroyables pour son âge.

Ce matin-là, Anis, mon ex-mari, vient chercher notre fille. Il en a la garde pour les quinze jours de vacances scolaires, et ils partent tous les deux pour une semaine en Tunisie, voir ses parents et sa famille. Depuis notre séparation, il l'a déjà emmenée plusieurs fois à Tunis : tout s'était déroulé à merveille. Lila adore ses grands-parents, paternels comme maternels.

Pendant que Lila prend son petit déjeuner – des tartines de beurre, un verre de jus d'orange et un bol de Coco Pops sans lait, elle n'est pas allergique mais adore le croustillant des céréales nature – je me prépare dans la salle de bains. Lila me rejoint, presque comme chaque matin. C'est notre rituel à nous : je me maquille, elle me regarde me maquiller. Cela me fait sourire car je me revois, petite fille, admirer ma mère qui nouait ses magnifiques cheveux et qui, les grands jours, quand nous allions en ville, prenait le temps d'appliquer son rouge à lèvres avec un pinceau, de recourber ses cils et de se parfumer. Aujourd'hui, je reproduis les gestes de ma mère, et Lila partage ces moments-là avec moi. C'est incroyable ce qu'on transmet sans même s'en rendre compte…

Ensuite, c'est au tour de Lila : coiffage et habillage. Elle prend son bain le soir, ce qui nous permet d'aller plus vite le matin. Ma fille a de longs cheveux bouclés, et les brosser pour lui faire des tresses ou une queue-de-cheval, afin d'éviter les poux, n'est pas une mince affaire !

Ce jour-là, j'ai oublié quelle tenue nous choisissons. Seul demeure le souvenir de la veste qu'elle enfile avant de partir, une veste offerte par ma mère, en daim rose doublée, bien chaude – les soirées peuvent déjà être fraîches, en Tunisie.

Lila se réjouit de ces vacances avec son père. Toute à son excitation, elle a déjà raconté chaque étape de son séjour à sa copine d'école, Nina. Mais elle sait que son voyage ne dure qu'une semaine ; elle s'attend à séjourner dans un hôtel pour quelques jours, puis chez ses grands-parents. Quand elle part avec son père, j'ai pris l'habitude de lui expliquer comment les choses vont se dérouler. Lila est encore petite, elle pourrait être effrayée par un dépaysement qu'elle n'aurait pas compris.

Ce matin-là, je me dis que le départ de ma fille est l'occasion de souffler. S'occuper d'un enfant toute seule, c'est fatigant. Et sept jours de pause, ça va me faire du bien. Oui, j'ai pensé ça.

Une image me revient, je ne sais pas pourquoi. Elle n'a pas grande importance : je suis dans notre chambre, avec ses deux sacs de voyage au pied du lit. Il y a une valise-cabine, pleine de ses habits, et un cabas avec des jouets, des médicaments et des livres. Les affaires de ma fille.

Les ai-je bien regardées ? Non. Je ne pouvais pas savoir que je ne les verrais plus jamais. Dans la valise, ses vêtements de demi-saison et ses claquettes de piscine comme me l'a suggéré Anis – il y a une piscine à l'hôtel. Et dans le cabas, ses médicaments, car Lila souffre d'otites à répétition ; un fond d'antibiotiques, du Doliprane, des gouttes pour les oreilles. Des jouets, bien sûr, qu'elle et moi avons sélectionnés. Et les livres qu'elle adore. Impossible d'en citer un en particulier. Je ne m'en souviens même pas.

Ce matin-là, je ne ressens aucun sentiment bizarre, de pressentiment encore moins.

Quand Anis arrive, nous avons presque fini de nous préparer. Il est très chaleureux mais on ne se fait pas la bise. Il tient un sac en plastique à la main, qu'il me tend. C'est son ordinateur, en panne. Puisque je travaille dans une société d'informatique, puis-je demander si on peut le lui réparer ? Je range le sac dans un coin du placard, sans savoir que quelques jours plus tard, l'ordinateur se retrouvera entre les mains de la police.

Anis dit à Lila : « On va voir papi et mamie ! » Ils s'enlacent tous les deux, très fort. Il porte une barbe de trois jours, un pantalon de jogging, comme d'habitude, son sweat violet zippé à capuche, et des baskets. Ce n'est plus l'homme que j'ai connu – apprêté et friand de marques.

Mais une chose n'a pas changé chez lui : sa façon d'être très à son aise. Il regarde dans mon dressing, à la recherche de la tablette de Lila offerte par ma mère. Il veut l'emporter pour que notre fille regarde des dessins animés. Je ne suis pas d'accord. Anis ne prend pas soin de ses affaires, encore moins de celles des autres. Il me demande une autre valise, plus rigide. Je refuse aussi. Il n'insiste pas.

Anis reste un quart d'heure à la maison, le temps qu'on finisse de nous préparer. Je fais le point, vérifie que Lila a tout, son maillot de bain, et bien sûr Nino, son doudou depuis ses un an et demi. C'est une petite peluche toute douce, un nounours avec un collier en tissu autour du cou. Lila l'a appelé Nino, je ne sais pas pourquoi.

Voilà, c'est l'heure du départ ! Lila passe la porte avec son sac à dos blanc décoré de ronds rose, vert et bleu. À l'intérieur, ses jouets favoris : l'ordinateur interactif, les poupées. Et des tampons qu'elle adore. Dessiner, colorier et découper la met en joie : la maison est pleine de confettis.

Lila et Anis se tiennent sur le seuil de l'appartement. Je m'agenouille à la hauteur de ma fille. Elle mesure 1 m 05, elle est grande pour son âge. Je l'enlace et murmure ces mots, simples et toujours positifs, comme à chaque séparation : « Ma chérie, tu vas me manquer, mais je sais que tu vas passer un bon moment. » Anis est derrière elle. Rien ne me trouble dans son comportement. Rien. La même attitude que d'ordinaire quand il prend Lila. Puis ils descendent les marches une à une, lentement, s'accordant à son rythme de petite fille. Anis est chargé, il porte les bagages, mais il insiste pour que Lila fasse « coucou à Mamounette ». Je les suis du regard, chaque marche, chaque étage. On se lance des baisers. C'est notre tradition : elle m'envoie des bisous avec sa main, je les récupère, les colle sur ma joue et les lui renvoie. Lila est très câline, très douce. Plusieurs fois par jour, elle m'embrasse la main en me disant : « Maman, je t'aime. » Parfois, elle crie : « Maman ! » et quand je lui réponds : « Oui chérie ? », elle me lâche : « Je t'aime ! »

Puis je me dépêche. Je dois partir travailler, et je suis déjà un peu en retard.

D'habitude, je me penche toujours à la fenêtre pour les regarder partir. Ce matin-là, le dernier de mon existence d'avant, celle de femme et de maman heureuse, je ne vais pas voir Lila qui s'en va.

Le reste de la journée, je m'en souviens à peine. Mais ça, je me le rappelle. Ne pas avoir regardé une dernière fois ma fille.

Ma fille que je ne reverrai plus.

CHAPITRE 2

Lila arrive

Tu es venue au monde en plein après-midi, à l'hôpital Foch de Suresnes. L'accouchement a été rapide, ce 3 février 2012. Ton père et moi étions si heureux ! Il a même dormi une nuit sur un fauteuil, dans la chambre. J'ai essayé de t'allaiter mais je n'ai pas pu. Tu pleurais beaucoup, d'une voix bien forte, car tu avais faim. Les puéricultrices disaient qu'il fallait persister mais pour nous deux, la première semaine a été une souffrance. Tu étais affamée, j'avais mal. On a fini par te donner un biberon, tu t'es jetée dessus comme une goulue !

Tu étais ardemment désirée mais ma grossesse n'a pas été facile. J'étais malade les premiers mois, et très fatiguée. On se serait crus dans le sketch de Florence Foresti. J'aurais voulu qu'on me raconte la vérité, au lieu de présenter la grossesse comme quelque chose de merveilleux. Du coup, je pensais que je n'étais pas à la hauteur, que j'étais une « chochotte ». Ton père me faisait plaisir avec des gâteaux. Il était aux petits soins. Il me couvait.

J'aimais ce prénom, Lila. Ton père aussi. Il n'avait pas de signification particulière, mais j'en adorais la consonance, le fait qu'il soit court, le fait qu'il évoque aussi bien une fleur qu'une couleur douce annonçant les beaux jours. On t'a donné d'autres prénoms : le mien, ainsi que ceux de tes grands-mères.

Te voilà parmi nous, ma Lila-Magali-Fatima-Liliane.

Au début, je tâtonnais comme toutes les mamans ; se laver quand on a le temps, manger quand on peut. Tu n'étais pas une grosse dormeuse, tu préférais regarder autour de toi et rien ne t'échappait, même quand je t'emmenais en balade dans ta poussette pendant des heures. Le pédiatre l'avait remarqué : « Elle est très tonique de la tête », avait-il dit.

Je t'ai gardée jusqu'en septembre, où tu es allée à la crèche. Tu avais sept mois. Et je suis retournée travailler. Toi, tu ne faisais que gazouiller, et parler ! Tu disais déjà « maman ». Ça m'avait épatée. Puis « papa ». Puis « bravo », « au revoir ». Au début, tu étais à la crèche des bébés. En passant chez les moyens, tu as fait d'énormes progrès. Tu tournais les pages des livres en imitant l'éducatrice qui racontait les histoires, tu faisais semblant de raconter tes histoires à toi… Tu as marché en septembre de l'année d'après, à dix-huit mois. Mais tu n'étais pas à l'aise dans le parc. Peut-être était-ce ta taille ? À trois ans, tu avais la taille d'un enfant de cinq ans. La mémoire aussi ! Une chose m'avait impressionnée quand tu avais deux ans. Je te lisais régulièrement le livre « Bambi », et très vite tu as fini les phrases que tu connaissais par cœur. Je t'avais ensuite acheté un grand imagier, tu te souvenais de chaque mot.

À la rentrée 2015, tu as découvert l'école. Un bonheur !

Je désirais que tu aimes aller en classe, c'était primordial pour moi qui avais tant subi l'école. La pression que je m'étais mise était absurde. J'en avais des crises d'angoisse les veilles d'examens. Et quand je rentrais à la maison, je ne voulais même pas goûter car il fallait que je fasse mes devoirs ! Jusqu'au lycée, j'ai eu cette boule au ventre tous les matins. Mon rêve, c'était que tu gambades jusqu'à l'école de bon cœur, que tu apprennes en t'amusant. Et à mon plus grand bonheur, ça a marché. Une fois la rentrée passée, et l'appréhension de l'inconnu dissipée, tu étais ravie d'aller à l'école. Nous croisions parfois ta meilleure amie en chemin, et vous partiez toutes les deux, main dans la main. J'étais aux anges de constater que, sur ce plan, tu étais l'opposé de moi, enfant.

CHAPITRE 3

C'est comment, un monde qui s'effrondre ?

Le mardi 27 octobre 2015.

Il fait un gris automnal. Il ne pleut pas mais le ciel est bas. Qu'importe, tout à l'heure Lila sera rentrée. Plus que quelques heures à tenir et en fin d'après-midi, je vais la serrer dans mes bras. Même si j'ai dormi un peu plus tard ces derniers jours, même si j'ai pu directement aller au bureau, à un quart d'heure à pied, sans faire un détour par l'école, une semaine, c'est long.

Avec quelques collègues, nous quittons l'open space peu avant 12 h 30 et traversons le jardin puis la cour pour nous rendre à la cantine, juste à côté. Nous nous connaissons depuis une quinzaine d'années, et sommes devenus des amis. Dans cette entreprise informatique, l'ambiance est chaleureuse, la bienveillance règne et la pause-déjeuner, d'une heure environ, est toujours un moment agréable. Les plats sont bons, préparés sur place par le chef. Lui et la caissière font partie de notre quotidien.

Comme d'habitude, nous posons nos plateaux, nous nous installons, et je m'apprête à manger quand mon téléphone sonne.

Il est 12 h 30. Le nom de la sœur d'Anis apparaît. C'est bizarre. Un vague malaise m'envahit. Ces derniers temps, elle m'a rarement donné de ses nouvelles. Pourquoi m'appelle-t-elle précisément le jour où Anis et Lila doivent rentrer ? Notre table est proche de la sortie, il y a du brouhaha, je me lève, je décroche, je suis dehors.

« Est-ce que tu as eu Anis ? », dit-elle d'une voix lente, grave, pas affolée, plutôt inquiète. À son ton, je sens que c'est sérieux.

« Non, qu'est-ce qu'il y a ?

— Je viens de raccrocher avec lui sur Skype. Il m'a dit qu'il était en Turquie, et qu'il ne reviendrait pas. Il me demande de vider l'appartement et de laisser les clefs dans la boîte aux lettres. »

Je me laisse glisser le long du mur. C'est un éclatement intérieur. Mon sang se glace, mon cœur s'emballe. Accroupie par terre, je répète en boucle : « Ce n'est pas possible ! Ce n'est pas possible ! » Autour, il y a du mouvement, je ne vois rien. Je crie. Je ne sais pas si les gens me regardent, peut-être. Je répète : « Ce n'est pas possible ! » et en même temps, je sais exactement ce qui est en train de se passer. J'ordonne à la sœur d'Anis d'aller au commissariat, je l'y retrouverai. Elle ne veut pas, au début. Elle me répond : « Il m'a dit qu'il allait t'appeler, attends avant d'aller là-bas. » Réalise-t-elle ce qui se passe ? Est-elle dans le déni ? Le protège-t-elle ? Je l'ignore. Mais je sais, au fond de mes tripes, qu'il ne m'appellera pas.

« Hors de question, tu me rejoins là-bas ! » Ma voix est ferme, mon ton sec.

Cette scène au téléphone m'a hantée pendant très longtemps, et le simple fait d'y repenser me fait encore suffoquer. Par son effet déflagrateur, ce coup de fil a-t-il écrasé, en quelque sorte, d'autres souvenirs ? En tout cas, je ne garde aucune trace, dans ma mémoire, de ma discussion avec la sœur d'Anis, un peu plus tard au commissariat.

À ce moment précis, après avoir raccroché, je suis submergée par la haine, la colère, la peur, le désarroi. Mais surtout, l'état de choc provoque un déclic en moi. C'est une sensation quasi physique. Mon espace-temps semble se dilater et s'accélérer à la fois, comme si mon univers se réagençait. Les indices épars font soudain sens, les pièces d'un puzzle entamé des mois auparavant s'assemblent. Et c'est limpide.

Cet homme est parti faire le djihad. Avec ma fille.

Pas un seul instant je ne le crois en Turquie pour de bon ; je sais qu'il veut, qu'il va traverser la frontière pour aller en Syrie. Avec Lila.

Je retourne dans la cafétéria, attrape ma veste et mes affaires. On me demande si ça va, je suis incapable de répondre. Mes collègues comprennent : quelque chose de grave est arrivé. Blême, dévastée, je pleure, je croise une amie qui me lance : « Magali, ça va ? » Je ne m'arrête pas, je cours.

Je cours à l'aveugle, à l'instinct, moi qui ne suis pas spécialement sportive. Je sais où se trouve le commissariat, impossible de le rater en plein centre de Puteaux, c'est tout près.

Je cours comme une folle, seule au monde. Dans les rues, je ne vois personne. Sont-elles désertes ? Je suis portée par l'énergie du désespoir, par une force qui m'étonne moi-même. Mon esprit bouillonne : s'il a prévenu sa sœur, il sait que je vais alerter la police, il sait qu'il est grillé. Il ne cherche même pas à me rassurer. Voilà ce qui m'inquiète le plus : c'est radical. Il ne croit plus à un retour possible.

Le temps de cette course effrénée, mon cerveau a tout reconstitué en accéléré. C'est évident, brutal, sidérant. La préméditation, depuis des mois. Sa fréquentation de la mosquée, de plus en plus assidue. Son attitude bizarre. Et cette dernière semaine, soi-disant en Tunisie, une semaine si décousue en termes de communications, avec son téléphone en panne, affirmait-il. Une semaine où il m'a évitée, où il m'a menée en bateau, tout en m'envoyant des messages pour me rassurer. Il n'a pas eu le courage de me parler, ni d'affronter mon regard via Skype. A-t-il eu peur d'avoir pitié ? De flancher en fixant droit dans les yeux la mère de son enfant ?

J'y vois clair, et c'est un coup de poignard.

Cette fuite, et sa lâcheté, sont révélatrices de sa détermination. Il n'en a plus rien à faire. Je n'essaye pas de l'appeler, il est trop tard. Donner l'alerte, tout de suite, rien d'autre ne compte.

Vers 12 h 45, à bout de souffle, en sueur, en larmes, j'arrive devant la porte du commissariat.

CHAPITRE 4

Qui je suis

Ma Lila, j'aimerais te raconter quelques bribes de ma vie. Comme chante Michel Berger : « Pour me comprendre, il faudrait savoir le décor de mon enfance… »

J'ai grandi dans un petit village du sud de la France, non loin d'Orange et Avignon. Une enfance heureuse avec des parents aimants. Une éducation avec des principes forts. Mon père, que tu as connu et que tu adorais, était boucher. Avec ma mère, que tu aimais tant aussi, ils tenaient la boucherie du village. On ne roulait pas sur l'or, et les voir lutter sans cesse pour joindre les deux bouts m'a beaucoup marquée. Mais avec eux, j'ai appris la valeur du travail. Mon père se levait tous les matins à 5 heures pour fermer boutique à 19 h 30. C'était un grand professionnel, et aussi un grand blagueur. Il m'a également enseigné la détermination, le respect, la discipline, l'amitié, la politesse. Mais avec peu de mots : très pudique, mon père n'exprime jamais ce qu'il ressent.

Quand j'étais gamine, je me mettais derrière le comptoir et j'étais fière comme un paon de taper sur la machine pour encaisser l'argent des clients : je jouais à la marchande pour de vrai ! Grâce à mon père, j'ai aussi exploré la forêt. Je l'accompagnais cueillir les champignons. Il m'a appris à les distinguer, et nous allions parfois ramasser les salades des champs ou les asperges sauvages. Au temps des cerises, il grimpait dans les arbres pendant que je dévorais les fruits à ma portée. Je n'avais évidemment plus faim quand on rentrait, au grand dam de ma mère ! Elle, c'était une vraie maman-poule, dévouée et protectrice, avec qui j'entretenais une relation fusionnelle, dans ses jupes du matin au soir !

Mais si j'aimais infiniment tes grands-parents, je ne voulais surtout pas reproduire leur vie de labeur.

Je rêvais de Paris, de ses cinémas et ses musées. Je n'attendais qu'une chose : avoir mon bac pour partir. J'étais très studieuse et serrais les dents, concentrée sur l'école. Les occasions de se distraire, dans notre village, n'étaient pas non plus légion ! Après le bac, j'ai été admise dans une école de commerce à Avignon. Ma deuxième année s'est déroulée en Angleterre, pour une spécialisation « marketing », et ma troisième et dernière année, j'ai pu l'effectuer à Paris pour mon stage de fin d'études. Objectif atteint : nous étions en 2001, et à vingt et un ans, j'étais arrivée dans la capitale !

Sauf que je me suis heurtée à la folie de l'immobilier parisien. J'ai passé des centaines d'appels pour trouver un appartement, sans succès. Je n'avais pas le profil idéal, sortant à peine de l'école et dépourvue de garants riches comme Crésus… J'ai compris à quelle vitesse on pouvait basculer dans la précarité, et quelle était la fragilité de mes rêves. Heureusement, par l'intermédiaire d'une connaissance, j'ai fini par louer un studio vers Nation, au 7e étage sans ascenseur. Puis j'ai décroché mon premier emploi : assistante de communication dans une grande entreprise informatique – j'y ai changé de poste, mais j'y travaille toujours.

J'étais folle de joie. Une provinciale à Paris, te rends-tu compte, c'était à peine croyable ! Quand j'ai découvert La Défense, je m'en souviens comme si c'était hier, j'avais l'impression d'être Melanie Griffith dans Working Girl. *La Défense, c'était Manhattan ! Dire qu'aujourd'hui, je n'y prête plus attention…*

J'ai eu quelques histoires avec des hommes. Des histoires sérieuses mais guère emballantes, avec des êtres réticents à s'engager, froids, pas très communicants.

Jusqu'à ce que je rencontre ton père.

CHAPITRE 5

Chez les flics

Il n'y a pas grand monde au commissariat. Un agent remarque mon état. Je lui raconte en quelques phrases hachées : le père de ma fille est en Turquie avec ma fille de trois ans, il a disparu, il ne reviendra pas. L'agent me laisse entrer.

Au guichet, je raconte mon histoire une seconde fois, à une femme. Le temps presse. J'arrive à me contenir. Cette femme semble perdue, elle ne sait pas quoi faire et ça ne me rassure pas. Patientez ! me dit-elle. Je m'assieds, je regarde mon téléphone, où se succèdent les messages de mes collègues. Ils sont inquiets. Je réponds par texto à l'un d'eux, rapidement. Je n'essaye pas d'appeler Anis. Sur Skype, je vois qu'il est déconnecté. Ça ne servirait à rien.

Sur cette chaise en plastique, tout tourne dans ma tête. Je suis défaitiste. Je me demande comment récupérer Lila. Je ne sais pas grand-chose sur la Syrie. Mais je sais qu'il y a l'État islamique, qu'on appelle aussi Daech. Je sais que le nord du pays est devenu leur bastion. Et que des Français partent faire le djihad là-bas.

Soudain, on m'appelle pour la déposition. C'est une brigadière. Au bout d'un long couloir, nous entrons dans un petit bureau. Elle me pose beaucoup de questions sur la chronologie des faits. Quoi, qui, et surtout quand. Elle me prend au sérieux, mais je la sens elle aussi dépassée par la situation. Je veux que ça se termine, je veux que ça avance. Anis m'a déjà tellement baladée ces derniers jours. Je suis obsédée par le temps, je vois les minutes qui défilent, ces minutes qui m'éloignent de ma fille. Ils ont probablement passé la frontière, ou ils vont bientôt le faire. On a déjà perdu une semaine !

Dépêchez-vous !

Dépêchez-vous !

Je lui raconte tout en détail, et de l'exprimer à haute voix – le coup de fil de la sœur d'Anis, ses mensonges à lui, sa trahison – renforce mon impression d'irréalité.

Surtout, ma culpabilité monte, elle me prend à la gorge et me serre le cœur. Elle s'installe en moi. Jamais plus elle ne me lâchera.

Le regard de la brigadière accentue mon malaise. Je suis persuadée qu'elle me juge. Elle ne rebondit pas sur ce que je dis. Elle ne montre aucune empathie, plutôt de la froideur. Sur son ordinateur, elle écrit à 2 à l'heure. Je me tords les mains d'impatience ; ne doit-on pas aller plus vite pour signaler la disparition d'une enfant en zone de guerre ?

Je m'apercevrai plus tard que l'attitude de cette brigadière fait partie de son travail. Se montrer distant, méfiant. Mais c'est douloureux, alors que j'aurais tant besoin de compassion. Depuis, je comprends mieux les femmes battues et les femmes victimes de viol, qui hésitent à porter plainte. Moi qui déclare le kidnapping de ma fille, j'ai l'impression d'être une coupable.

Je dois la convaincre qu'Anis n'est pas parti faire du tourisme. De toutes mes forces, je lance : « Jamais je n'aurais donné mon feu vert pour qu'il aille en Turquie ! »

Sauf que la situation est kafkaïenne : si j'ai la garde exclusive de Lila, mon ex-mari la récupère lors de certaines vacances. Nous en étions convenus au moment du divorce. Or, cette semaine de la Toussaint étant l'une de celles où il s'occupe de notre fille, la loi joue en sa faveur. « On ne peut pas faire grand-chose », dit d'emblée la policière. Et moi qui répète désespérément : « Il est en Turquie alors qu'il m'a fait croire qu'il était en Tunisie. Rien n'est cohérent là-dedans ! » C'est sa semaine de garde, redit-elle. En substance : jusqu'à preuve du contraire, il est dans son bon droit.

Au fur et à mesure, j'ai le sentiment que la policière m'accable. Et son interrogatoire, par ricochet, soulève une foule de questions dans ma tête. Je me retrouve à me demander :

Pourquoi ai-je laissé partir ma fille ?

Pourquoi ai-je eu confiance en lui ?

Pourquoi n'ai-je pas signalisé sa radicalisation ? (Mais la signaler à qui ? Et puis, comment peut-on distinguer un radicalisé d'un fervent croyant ? Y a-t-il des critères ? Si oui, lesquels ?)

Si, quelques jours après, les attentats du 13 novembre vont tout changer, nous vivons encore dans un autre monde en cette fin de matinée du 27 octobre. Presque candide. Et la douleur mêlée à la culpabilité me donne envie de disparaître. De m'enfoncer sous terre.

Enfin, l'interrogatoire se termine. La brigadière a utilisé plein de papier pour rédiger, finalement, une minuscule déclaration. Tout ça pour ça !

Je sors du bureau, je retourne à l'accueil, je m'assois et attends. Les policiers essayent de joindre le commissaire, mais il est occupé.

Sur mon téléphone, je lis les nombreux messages de ceux qui m'ont vue partir comme une furie. Puis une collègue, qui est aussi l'une de mes meilleures amies, vient me rejoindre au commissariat. Suivie d'une autre. Nous voilà toutes les trois, hébétées, dans la salle d'attente. Heureusement qu'elles sont là. Je ne suis pas seule alors que je sens le sol s'ouvrir sous mes pieds, et que je tombe dans le vide.

Il est environ 15 h 30. Les policiers me disent qu'ils vont appeler Anis, lui laisser des messages. Je lance :

« S'il a fait ça, c'est qu'il ne veut pas revenir ! » On me demande l'acte de naissance, le certificat de divorce. Je n'ai pas le livret de famille car il est parti avec, ni le passeport de Lila. Mais j'ai des copies, à la maison. Les policiers nous accompagnent en voiture.

Quel choc de pénétrer à nouveau dans l'appartement… C'est comme si, depuis ce matin, il m'était devenu totalement étranger. Regarder la cheminée et le bureau de Lila, avec ses petites affaires, essayer de rester forte mais sentir mon cœur se briser. Vite, se concentrer. Dans une armoire, trouver le classeur avec la pochette plastique qui contient les papiers.

De retour au commissariat, je fournis les documents. La policière, celle de la déposition, est derrière le comptoir. Je lui demande si je dois envoyer des photos de Lila, je la presse un peu, j'ai envie de me rendre utile. Qu'il se passe quelque chose ! Mais elle ne veut que les coordonnées Skype d'Anis.

Elle ajoute : « Inutile de rappeler demain à 9 heures, il ne se sera rien passé. » D'un air relativement détaché. Laconique. On dirait qu'elle s'en moque.

Ma sidération est telle qu'aucun son ne sort de ma bouche. Je suis réduite au silence. Broyée. Alors qu'au fond de moi la rage éclate et que je voudrais hurler : « Mais ce n'est pas un sac à main que l'on m'a volé ! »

Non, je n'ai pas perdu un sac à main. Les larmes sortent, elles m'engloutissent. Rentrer chez moi, chez nous, est au-dessus de mes forces. Quel « chez nous » quand il n'y a plus de « nous » ? Revoir les affaires de Lila. Son lit vide. Ses jouets. Sa petite brosse. Notre bonheur d'avant. Non, c'est impossible. Mes amies m'emmènent.

Je me sens incapable de quoi que ce soit. Sinon pleurer, et crier.

CHAPITRE 6

Première nuit de cauchemar

Je suis une zombie. Mes amies me soutiennent. Je dois tenir. Avec l'une d'elles, je décide, sur un coup de tête, de me rendre chez la sœur d'Anis. Je veux savoir. Ensemble, nous appelons ses parents, en Tunisie. Ils me disent avoir parlé avec Anis par Skype, un peu plus tôt dans la journée : il était en Turquie et leur a lancé qu'il ne reviendrait pas. Ils sont désemparés, je le suis plus encore. Comment a-t-il pu nous faire ça, à tous ?

Nous rentrons à pied. Il fait nuit, il fait froid, nous longeons un cimetière. Peut-on imaginer plus sinistre ?

Je me retrouve dans le deux-pièces de cette amie. Ce n'est pas bien grand mais ce n'est pas de confort dont j'ai besoin. Plutôt de réconfort. De douceur. De bienveillance. Mes amies sont là et grâce à elles, mon effondrement n'est pas solitaire, mon cœur en mille morceaux éclate au ralenti, comme des traînées de sang dans du coton. Cette soirée, cette nuit, sont un cauchemar sans fin.

Le canapé-lit est déplié dans le salon. On s'y installe. Le dîner ne passe pas. Pas faim. Je suis connectée à Internet, elles aussi, à chercher des explications, des histoires similaires, des conseils, des idées. Mais y a-t-il des modes d'emploi pour les enfants kidnappés en Syrie ? Sur leurs pères qui partent faire le djihad ? Non, bien sûr ! Mon énergie titanesque de la journée s'est envolée. J'ai l'impression que tout cela arrive à quelqu'un d'autre que moi. L'intérieur de mon corps s'est éteint, mon âme est figée.

Au-delà de ma propre peine, une question me consume depuis des heures : comment l'annoncer à mes parents ? En milieu de soirée, enfin, je me décide à appeler mon frère – j'ai deux demi-frères qui habitent dans le Sud et suis très proche de l'un d'eux, dont la maison se trouve non loin de celle de mes parents. Bien qu'il ait une dizaine d'années de plus que moi, bien que nous n'ayons pas été élevés ensemble, lui et moi sommes liés par une immense affection. J'en suis arrivée à me convaincre que lui seul pouvait l'annoncer à mes parents. Moi non, pas par téléphone. C'est trop froid, le téléphone, pour une nouvelle aussi glaçante. Dès qu'il décroche, mon frère devine la catastrophe. Je cache pourtant bien mes sanglots. J'explique. C'est un coup de massue pour sa femme et lui. Leur colère, leur incompréhension explosent. Ils connaissaient bien Anis – comment a-t-il pu… ?

Que puis-je répondre ? Comment pourrais-je donner à mon frère des bribes d'explication, alors que j'ai caché à tout le monde la dérive religieuse du père de ma fille ? Alors que personne n'a jamais rien su de la longue barbe qu'il s'était laissée pousser, de sa fréquentation assidue de la mosquée, de son comportement parfois bizarre ? Au moment où sa radicalisation m'apparaît de manière si cruelle, où son personnage se déchire comme une feuille de papier, je réalise que je n'ai rien dit car j'avais honte. Honte de lui, de sa djellaba, de son laisser-aller, de son chômage qui s'étirait, de ce qu'il était devenu, tout en devant continuer de le fréquenter malgré tout, pour Lila. Et cette honte, je l'avais enfermée à double tour en moi. Je le regrette tant… Mon frère me rassure. Il sent ma panique. Il ira voir mes parents demain matin ; autant leur laisser une dernière nuit de répit avant l'horreur.

La soirée s'étire. Le temps perd de sa consistance. Plus rien n'a de saveur. Nous sommes des machines fatiguées, derrière nos écrans, à fouiller Internet en quête de réponses. Soudain, nous tombons sur un article consacré à Meriam Rhaiem, une jeune femme originaire de l'Ain. Fin 2013, son ex-compagnon a enlevé leur petite fille de dix-huit mois, Assia, pour s'enfuir vers la Turquie, puis la Syrie. Près d'un an plus tard, Meriam est arrivée à récupérer sa fille… Le gouvernement français les a rapatriées en avion spécial. Mes copines exultent. Elles en sont sûres, Lila va revenir, Lila va revenir en Falcon !

Moi, je n'y crois pas. Aucun commando n'ira la chercher. On n'est pas dans un film.

Je passe la nuit sur mon téléphone. Dénicher des informations, encore. Lire nos derniers échanges avec Anis. Mes pensées vont et viennent. Oui, il a tout prémédité ! Non, il a peut-être changé de destination au dernier moment ! Et s'il revenait ? Impossible ! La preuve, il ne m'a pas appelée comme prévu à midi – ainsi que me l'avait annoncé sa sœur !

Je n'arrive pas à fermer l'œil. Et je pleure, beaucoup, en essayant de ne pas réveiller mes copines qui finissent par s'endormir. J'évite de regarder les photos de ma fille. Le souffle me manque. Tout à l'heure, demain, pourrai-je encore respirer ? Au fond de moi, je suis terrifiée. Est-ce de la lucidité, du pessimisme ? Je ne vois pas d'issue. Quand bien même j'aurais l'aide des autorités. Un sentiment d'impuissance abyssal m'envahit. L'image du gouffre, le gouffre dans lequel je tombe.

Pour ne pas sombrer totalement, une seule solution : me projeter dans l'action. Déjà, trouver un avocat. Cela m'apparaît comme une évidence. Je vis un cauchemar, et dans ces cas-là, c'est un avocat qu'on appelle, non ? Et puis, au fil des articles de presse consacrés à Meriam, son avocat est souvent cité. Entre la complexité des procédures administratives et judiciaires, à l'étranger de surcroît, et les événements qui s'enchaînent, je sens que j'en aurai besoin.

J'ai hâte de parler au commissaire. Être à demain.

Agir. Agir.

CHAPITRE 7

La rencontre en Tunisie

J'ai rencontré ton père au cours de l'été 2007, près de Tunis.

J'étais partie avec une copine pour fuir la mauvaise météo parisienne, un peu sur un coup de tête. Une semaine dans un de ces hôtels all-inclusive où l'on se prélasse en bord de mer : c'est tout ce qu'il nous fallait.

Nous étions arrivées un week-end, et après quelques jours de farniente, nous avions décidé de faire un tour à Sidi Bou Saïd. Si ce souvenir n'était pas si douloureux, je pourrais t'en parler des heures, ma Lila ! Imagine une petite ville au sommet d'une falaise, à une vingtaine de kilomètres de Tunis et non loin de la légendaire Carthage. Des ruelles pentues dignes d'une carte postale, les murs des maisons blanchis à la chaux, les bougainvilliers, orangers, jasmins et palmiers qu'on croirait posés là pour le décor. Et partout, les portes et fenêtres des maisons peintes d'un bleu vif : aussi beau que celui des îles grecques ! Et beaucoup moins connu, même si les touristes affluent, surtout l'été. J'avais lu qu'au début du XXe siècle, Sidi Bou Saïd était une sorte de refuge bohème qui inspirait peintres et écrivains ; tout pour faire rêver, non ?

Et nous voilà, ma copine et moi, à marcher jusqu'au célèbre café des Nattes. La vie nous souriait, le monde était à nous, deux jeunes célibataires joyeuses et légères. Le taxi nous avait laissées en bas de la ville, les ruelles grimpaient sec et le soleil était encore vif en cette fin de journée d'août. Ça sentait la fête, le parfum du jasmin nous enivrait. Au détour d'une ruelle, un bel homme se tenait près d'un arbre, avec un copain. Mais on ne voyait que lui. Bronzé, souriant, habillé de manière chic et décontractée à la fois – un petit débardeur, un pantalon large en lin. Le genre à prendre soin de lui.

Dans un sourire, il m'a lancé : « Enfin une femme à ma taille ! »

Tu t'en souviens, ma chérie, je suis grande, 1,82 m, ce n'est pas forcément facile. Cela m'a amusée qu'il en plaisante.

Avec ma copine, nous avons continué notre balade et fait le tour de cette petite ville. Un enchantement. Sauf qu'un type louche nous suivait. Quelle guigne ! Revenues vers l'arbre, le bel homme était toujours là. Il nous a parlé, et ma copine en a profité pour lui expliquer la situation. Le type louche. Et l'homme de l'arbre, très protecteur, d'aller le faire déguerpir. Puis nous nous sommes mis à discuter, tous les trois. Le bel homme, tu t'en doutes, c'était ton père, Anis. Il nous avait sauvées – c'est ce que nous avions pensé sur le moment. Aujourd'hui bien sûr, cette pensée me semble aussi idiote que sinistre.

Nous sommes allés boire un thé à la menthe en terrasse d'un café. La nuit était tombée. Il racontait ses voyages, la Thaïlande, l'Amérique latine. Il avait un côté aventurier, du style baroudeur sympa, avec une belle tchatche. Il savait y faire. Son sourire ravageur y était pour beaucoup. Nous avons échangé nos numéros ; il nous avait proposé de jouer au guide à Tunis. Lui était en vacances chez ses parents, il avait le temps.

Le lendemain, et chaque jour jusqu'à notre départ, nous nous sommes retrouvés tous les trois. Il nous a fait le grand tour, et son grand numéro ; la ville, le souk, les boutiques, son charme, son intelligence. Il savait où aller, on se sentait bien. Moi surtout. Il était généreux, à me réserver le meilleur morceau du poisson, la plus grosse part du gâteau. Et sa mémoire m'impressionnait. Il parlait cinq langues couramment – arabe, français, anglais, italien, espagnol. Et attention, pas du baragouin ! Son espagnol et son italien étaient impeccables. Il chopait les accents tout de suite, un vrai caméléon. Plus tard, quand nous avons voyagé en Italie ou en Espagne, on l'a souvent pris pour un local.

Bref, j'ai eu un gros coup de cœur.

Après la Tunisie, nous avons continué nos vacances, ma copine et moi, à La Grande-Motte, dans un appartement qu'on nous avait prêté. Ma copine est vite repartie et Anis est arrivé. Tout s'enchaînait à merveille. Il était solaire, affectueux, il n'avait pas peur de montrer ses sentiments, tout le contraire de ce que j'avais connu avant. En quelque sorte, il m'a fait l'effet « wahou » ! Pourtant, je n'avais jamais rêvé du prince charmant, ma Lila. Ma mère me répétait sans cesse : « Surtout, ne dépends jamais d'un homme, sois indépendante à tous les niveaux. » Indépendante, je l'étais. Mais naïve aussi, hélas. Qu'un être humain puisse dissimuler tant de failles et de perversions, qu'il puisse changer autant au fil des ans : je ne savais tout simplement pas que cela pouvait exister.

Mais revenons à cet été maudit. L'été 2007.

À La Grande-Motte, nous profitions des vacances, de la plage, des sorties. Nous nous amusions beaucoup, ton père et moi.

Et notre histoire a démarré là.

Quand j'ai rejoint la maison de mes parents pour ma troisième semaine de vacances, quelques jours plus tard, la séparation fut difficile. Ni lui ni moi ne savions comment cette relation évoluerait. Il devait retourner en Alsace, où il vivait. Et moi, ma foi, j'étais bien mordue.

Nous nous sommes retrouvés un mois et demi après. Puis il est venu s'installer chez moi, à Courbevoie. Et notre relation a commencé pour de bon.

J'étais heureuse.

Avec le recul, j'ai tout remis en question. Ai-je été une proie pour ton père ? Faisait-il son numéro à chaque touriste ? J'ai passé des nuits blanches à ressasser ma vie avec lui. Le moindre souvenir, même le plus heureux, je l'ai passé au tamis de sa trahison.

M'avait-il seulement aimée un jour ?

CHAPITRE 8

Les démarches continuent, le cauchemar aussi

Mercredi 28 octobre 2015, matin.

J'ai dû finir par m'endormir. Quelques minutes, une poignée d'heures, je ne sais pas. Mais le réveil est brutal dans l'appartement de ma copine. Je ne suis pas à ma place, rien n'est dans le cours des choses. Cela fait à peine 24 heures que je sais que Lila a disparu. Bizarrement, je ressens une sorte de détachement qui me fait garder la tête froide. Mon cerveau semble se débrouiller tout seul, en mode automatique. Je continue d'agir, tout en me sentant coupée de mes émotions. Comme si quelque chose avait littéralement disjoncté dans mon esprit.

L'une de mes copines part travailler, l'autre reste avec moi.

Que faire dans une telle situation ? Par où commencer ? Qui avertir ? Je ne le sais pas encore, mais toutes ces questions vont me permettre de me maintenir en vie. Un maître mot : l'action. Albert Einstein disait : « La vie c'est comme une bicyclette, il faut avancer pour ne pas perdre l'équilibre. » Je n'ai découvert cette citation que plus tard mais dès ce matin-là, mon cerveau l'a instinctivement comprise. Je dois rester en mouvement pour oublier mes pensées. Souvenirs et introspection sont devenus mes ennemis.

À 9 heures pétantes, j'appelle le commissariat, où, comme m'avait prévenue la femme flic la veille, on m'envoie balader. Rien de neuf. Et alors ? Je vais me battre. Heureusement, grâce à des amis d'amis, j'arrive à entrer en contact avec le commissaire de police. Une victoire, mais une étrange victoire tout de même ; ainsi faut-il une conjonction de hasards, de bonnes connexions au bon moment, pour que les choses bougent ? Au téléphone, sa voix me rassure : « Venez me voir tout de suite », dit-il.

Ma copine habitant tout près, j'y vais à pied, habillée comme la veille. Le commissaire est jeune mais il dégage une empathie naturelle, et me semble professionnel. Il a déjà pris des mesures. Les identités de Lila et d'Anis ont été transmises à la Turquie pour interpellation – au cas où ils seraient toujours là-bas.

« Dois-je prendre un avocat ? »

Il me répond d'attendre encore un peu. Puis il me fait conduire en voiture jusqu'à la préfecture, à Nanterre, pour demander officiellement une interdiction de sortie du territoire français, dans l'hypothèse farfelue où Anis ne serait jamais parti.

Au cours de la journée, mon dossier est transféré à la brigade criminelle de Nanterre. Puis, dans l'après-midi, une personne de la cellule antiterroriste me contacte. L'antiterrorisme ? Je suis rassurée qu'on m'appelle, cela signifie qu'ils me prennent au sérieux – mais en même temps, c'est terrifiant d'être mêlée à ça. Sauf que je le suis déjà, non ? Moi qui n'ai jamais eu maille à partir avec la police, moi qui suis droite comme un I, sans même une contravention, me voilà propulsée au sommet de la chaîne judiciaire.

Au bout du fil, cette femme de l'antiterrorisme veut tout savoir d'Anis. Elle est très gentille. Elle évoque les mois précédents, les signes avant-coureurs. Je la renseigne du mieux possible mais je n'ai qu'une seule question à la bouche : « Avez-vous une localisation ? Où sont-ils ? » À chaque fois, ses mots sont les mêmes : « On ne sait pas. »

C'est incroyable ; avec tous les moyens technologiques dernier cri, les satellites, les puces des téléphones, l'espionnage, personne n'est capable de me dire où se trouve ma fille ?

Chaque minute qui passe me renvoie à ma culpabilité. Lila est perdue, Lila a disparu, et c'est ma faute ! Emportée dans cette spirale de flagellation, je ne me perçois pas comme une victime, ni ne comprends l'empathie qu'on manifeste à mon égard. Comme celle de la policière de l'antiterrorisme. Sa gentillesse me bouleverse et pourtant je sais que je ne la mérite pas, moi qui ressasse la même phrase, une phrase qui me laisse en bouche un goût amer : pourquoi n'ai-je pas vu la radicalisation d'Anis ?

Oui, les mois précédents, j'ai remarqué sa dérive. Son comportement et ses paroles ont changé. Sa pratique me met mal à l'aise et j'ai honte de lui, je ne veux plus qu'on nous voie ensemble, hormis les moments où nous sommes avec Lila, et encore, cela me gêne aussi, pour elle. Lui qui aimait tant être chic, il est passé directement des costumes-cravate aux djellabas, quand ce n'est pas le jogging et sweat à capuche. Il reste toute la journée ainsi, à traîner avec sa longue barbe, rasant seulement sa moustache. Je déteste ça ! Pour le bien de notre fille, j'ai essayé de le secouer, en vain. Il s'en fiche complètement. Je me sens impuissante. Mais que faire, à qui en parler sans être pointée du doigt ou passer pour une intolérante ? Et dire quoi ? Qu'il fréquente assidûment la mosquée, qu'il porte une djellaba ? Oui, je suis embarrassée, mais loin d'y voir des signaux annonciateurs d'un tel drame.

Est-ce pour avoir le sentiment d'exister en dehors de la culpabilité, pour avoir la sensation d'être reliée à ma fille, d'une manière ou d'une autre, que je me démène sur tous les fronts ? Voilà 24 heures qu'elle a disparu, et je passe des dizaines de coups de fil, j'écume les sites internet, je me documente, je cherche des interlocuteurs, notamment au ministère des Affaires étrangères... Je découvre des organismes dont je ne soupçonnais pas l'existence – et que j'aurais aimé n'avoir jamais à connaître, comme le Bureau du droit de l'Union, qui dépend du ministère de la Justice. Le rôle de ce

Bureau ? Faire appliquer les conventions internationales en matière de déplacements illicites d'enfants… Ils m'ont vite rappelée. Ils m'ont parlé de la Convention de La Haye, qui protège les enfants au niveau international. Mais afin que notre cas soit étudié, je dois déposer un dossier en Turquie afin d'y faire valoir mes droits de mère. Et pour cela, trouver un traducteur turc. Oui, c'est à moi de trouver un traducteur !

Je ne sais plus vers qui me tourner. Au comble du désespoir, j'appelle même l'ambassade de France en Turquie. On me répond, sur un ton glacial : « Madame, on ne va pas envoyer un hélicoptère chercher votre fille ! » J'ai du mal à digérer cette phrase. Coupante. Sans appel.

Mais je dois me ressaisir. Mes parents sont dans le train pour Paris.

CHAPITRE 9

Ils arrivent

Mercredi 28 octobre, après-midi.

Avec la copine qui m'a hébergée pour la nuit, je pars accueillir mes parents à la gare de Lyon. Je les cherche du regard au bout du quai. Nous nous tombons dans les bras, sans pouvoir retenir nos larmes.

Ma mère s'appelle Liliane, mais tout le monde l'appelle Lili. Elle qui fait si jeune a pris dix ans d'un coup. Mon père, Edmond dit Momon, a les yeux rougis. Lui qui est si sociable, lui le roi de la pétanque et des bons petits plats, semble un autre homme. À soixante-seize ans, la nouvelle lui fait l'effet un coup de massue.

Lila, c'est leur soleil. Ma mère et elle ont une relation très forte. Une mamie gaga et une petite fille aux anges. Lila partait souvent en vacances chez eux, avec ou sans moi. Là-bas, dans le Sud, chaque matinée commençait par une grande balade : ma mère l'emmenait jusqu'à un parc proche de la maison. Elles donnaient du pain rassis aux canards d'un étang, Lila faisait du toboggan, puis elles allaient dire bonjour à l'âne au bout du parc. Ensuite, elles continuaient jusqu'au centre du village, devant l'église, écouter les cloches sonner. Lila avait une passion pour les cloches qui célèbrent chaque heure qui passe. « Chut », soufflait-elle en tendant l'oreille.

Mon père, lui, aimait lui transmettre son expérience de la nature, comme il l'avait fait avec moi. Ramasser les œufs au poulailler, apprendre à distinguer les champignons, les succulents des vénéneux, à cueillir les asperges sauvages et les salades des champs. Mais là où il excelle, c'est derrière les fourneaux. Cuisiner est sa manière de montrer son amour.

Le dimanche, en belle saison, mon père et ma mère emmenaient Lila à la Guinguette d'Orange, un troquet sur la colline qui organise un thé dansant dans la nature, avec une aire de jeux pour les enfants, un petit train, et Lila qui esquissait quelques pas de danse...

Mes parents sont dévastés. Comme il me l'avait promis, mon frère les a prévenus tôt ce matin. Je ne sais pas avec quels mots, quelles phrases, il leur a annoncé l'indicible. Nous n'en avons jamais parlé. Mais ils m'ont appelée juste après, vers 8 heures. Ma mère était un ouragan de colère, elle hurlait et l'insultait, lui, le père de sa petite-fille. Puis elle m'a dit : « On arrive tout de suite, ma chérie, tu n'es pas toute seule ! » C'est ce que j'avais besoin d'entendre. « On arrive ! » Deux mots qui, à ce moment-là, me sauvent la vie. Le temps de faire leurs bagages, ils ont pris le train.

Ce coup de fil m'a complètement bouleversée. Je me sens responsable de leur faire vivre ça. À cause de moi, ils n'auront pas de retraite tranquille, de fin de vie apaisée, ou d'autres instants de bonheur avec Lila. Je ne le sais pas encore mais la Guinguette, jamais plus ils n'y remettront les pieds. Les cloches du village, jamais plus ils ne les entendront de la même manière. Je suis anéantie en les retrouvant à Paris, mais leur montrer l'étendue de mon désastre intérieur m'est impossible.

Avec eux, je dois retourner chez moi. Oser y remettre les pieds. De la gare de Lyon jusqu'à Puteaux, c'est un trajet hanté, un trajet sinistre. Nous allons devoir vivre tous les trois dans cet appartement fantôme. Le souvenir de Lila plane partout. Il faut l'affronter, mais je ne sais pas encore comment. Cela me semble insurmontable.

Tous mes repères sont brouillés. Où est Lila ? Pourquoi sont-ils là, eux ? Rien n'a de sens. Dès notre arrivée dans l'appartement du 5e étage, ma mère prend les choses en main. Elle me suivra partout, pendant des semaines, des mois, présence précieuse et discrète ; elle se mettra aussi à cuisiner et à me nourrir, moi qui n'ai plus jamais faim.

Les photos de ma fille sont une torture. Sa bouille partout. Ses petites grimaces. Son immense sourire au moment de la rentrée, il y a quelques semaines seulement… J'enlève les images d'elle, une par une. Oui, j'enlève tout. Chaque photographie. Elle reste présente sur chaque millimètre de ma peau, jusqu'au fond de mon âme. Mais la voir ainsi, heureuse, immortalisée dans un bonheur et une insouciance qui ne sont probablement plus les siens, est au-dessus de mes forces.

Mon père, hier si dynamique, est méconnaissable, complètement éteint. Il a perdu le goût de vivre. Il cogite seul, prostré sur le canapé. Il ne veut plus voir personne.

Ma relation avec mes parents reste très forte. Fusionnelle et démonstrative avec ma mère, empreinte de tendresse et de pudeur avec mon père. C'est cet attachement à la figure paternelle, si précieuse, qui m'avait incitée à entretenir le lien entre Anis et Lila, malgré notre divorce, malgré nos différends. Un père, c'est sacré. Justement, Lila avait un père qui l'aimait, et qu'elle aimait. Après notre séparation, j'aurais pu redescendre dans le Sud afin de commencer une nouvelle vie. Mais pourquoi séparer ma fille de son père ? Un enfant n'a rien à voir avec les problèmes de ses parents, il doit être préservé de ce qui peut déchirer un couple.

N'est-ce pas aux adultes de prendre leurs responsabilités ?

Sur ce plan, je pensais qu'Anis et moi étions sur la même longueur d'ondes. Ne l'avions-nous pas été, pendant des années ?

CHAPITRE 10

La belle vie

Il faut que tu saches, ma chérie, que j'ai été amoureuse de ton père. J'ose croire que c'était réciproque. Quand il est venu me rejoindre, au cours de l'automne 2007, tout était simple. Nous vivions dans mon appartement de Courbevoie, à l'étroit, mais qu'importe ! C'était la flamme des débuts... Et puis, il se montrait serviable, nous partagions les tâches du ménage, des courses. Et il adorait faire la cuisine.

Rapidement, il a cherché du travail dans l'hôtellerie de luxe. Avec son bagout, l'embauche n'a pas tardé. Il a commencé comme réceptionniste mais a vite évolué, à mesure qu'il changeait d'établissement au sein du même groupe, jusqu'à devenir chef-réceptionniste adjoint dans un grand hôtel de l'Ouest parisien : un beau poste ! Ses cinq langues parlées couramment ont dû aider. Et il présentait bien, toujours tiré à quatre épingles. Son métier consistait à superviser l'accueil des clients, et à diriger une équipe de concierges et réceptionnistes.

Auprès de mes amis, il faisait l'unanimité. Tout le monde le trouvait drôle, doté d'une sacrée repartie. Il s'intéressait à beaucoup de choses, notamment la géopolitique. À mes yeux, il était brillant. Je l'admirais, même. Il avait vingt-huit ans, un an de plus que moi.

À un moment, il y a eu une fausse note. Une seule. Je savais qu'il avait eu une histoire avec une femme, en Alsace, une histoire qui s'était terminée. Or, un soir, il m'a appris qu'ils étaient mariés, et que le divorce était en cours. Cela m'a fait un drôle d'effet. Mais nous étions déjà engagés, ensemble. Alors j'ai encaissé. J'ai relativisé.

Notre vie n'était-elle pas idyllique ? Grâce à son travail, nous avions des réductions dans des hôtels de rêve. De beaux voyages ont commencé ; nous adorions découvrir le monde.

Puis j'ai voulu acheter à Puteaux, ma ville de cœur. L'appartement que nous avions déniché était un petit deux-pièces, mais très cosy. Après tout, peu importe la promiscuité quand on est pleins d'amour l'un pour l'autre !

Nous voyagions souvent, avec une prédilection pour l'Italie ou l'Espagne. Là-bas, on le prenait pour un autochtone. Ton père avait une capacité d'adaptation incroyable et cette manière unique de s'imprégner d'un accent. L'espagnol et l'italien, il les avait appris en écoutant la télévision, chez lui, puis en discutant. Après tout, disait-il souvent, en Tunisie, ne fallait-il pas se débrouiller ? Et puis, ajoutait-il, tout cela était relativement facile, car les sonorités de la langue arabe se retrouvaient dans les autres langues. Néanmoins, cela m'impressionnait, cette manière de se fondre dans le décor aussi vite – aurais-je dû me méfier ?

Mais nous étions heureux. Et l'étape suivante, naturelle, consistait à fonder une famille. Oui, nous voulions un enfant, et pour cela, il nous fallait plus d'espace. Nous avons déniché une jolie maison de ville, toujours à Puteaux, et j'ai réussi à vendre mon appartement sans problème : tout s'enchaînait à merveille.

La chance nous souriait ; ces voyages magnifiques, une maison qui nous plaisait, des métiers épanouissants. Que demander de plus ? Nous formions les mêmes rêves que tous les jeunes couples de France. Bâtir une famille, construire une histoire qui dure…

Il n'y avait qu'une ombre au tableau, ma Lila. Ma mère – ta grand-mère – ne l'aimait guère. Bien qu'Anis ait réussi à charmer mon père, mon frère et mes amis, ma mère lui résistait. Un sentiment indéfinissable. Elle ne le « sentait » pas, m'avait-elle dit. Mais cela arrive souvent, n'est-ce pas, entre une mère et l'homme qui lui ravit sa fille ?

Voilà ce que je m'étais dit.

CHAPITRE 11

Chez lui

Mercredi 28 octobre 2015, soirée.

Voilà plus de 24 heures que ma fille a été enlevée par son père.

Une fois mes parents installés dans mon appartement de Puteaux, il me reste une chose à faire. Une chose qui m'angoisse terriblement. Aller chez mon ex-mari. J'ai récupéré ses clés la veille, par l'entremise de sa sœur. Bien qu'il lui ait demandé de vider son appartement, elle a accepté sans réticence aucune de me donner son trousseau. Par la suite, le drame ayant causé un tel fracas dans nos vies, le repli sur soi s'est installé, la cordialité a laissé la place à la distance.

Ai-je le droit de pénétrer dans l'appartement d'Anis ? En réalité, ce sont les policiers eux-mêmes qui me le suggèrent ; n'ai-je pas les clés ? Je ne commets aucune infraction et puis, qui sait, je trouverai peut-être quelque chose : un indice, un truc qui cloche, des pistes ? Je dois y aller, me glissent-ils enfin, parce qu'eux ne peuvent pas. La perquisition nécessite l'accord du magistrat, sauf que, pour l'instant, le magistrat s'en tient à un seul et unique fait : c'est la semaine de garde d'Anis. Qu'il ne soit pas rentré en France avec Lila, qu'il ait précisé à sa sœur être en Turquie alors qu'il devait être en Tunisie, qu'il lui ait demandé de vider son appartement : tout cela ne compte pas. Il a le droit avec lui.

C'est la tombée de la nuit. Trois copines m'accompagnent. Celle qui m'a hébergée la veille, celle qui était venue me rejoindre au commissariat, et la sœur de la première, qu'on croise en chemin – elle travaille dans le secteur médical, et s'était proposé de m'apporter des comprimés légers pour dormir.

Toutes les quatre, tel un commando mal assuré, nous nous dirigeons vers la Cité Picasso. Depuis chez moi, à peine une vingtaine de minutes à pied. Pourtant, quoi de comparable entre ma rue tranquille de Puteaux et la cité, en plein Nanterre ? Anis habite dans l'une des fameuses tours Aillaud, également appelées « Nuages ». On ne peut pas les rater, ces grandes tours aux formes arrondies de 20 ou 40 étages, qui semblent flotter dans le ciel. Malgré son architecture singulière, je n'aime pas cet endroit. Quand Anis était parti habiter là-bas après notre séparation, il me l'avait d'abord caché, se doutant que cela me poserait problème. La cité faisait régulièrement la une des journaux. Rivalités de bandes, trafic de drogues, coups de feu… Imaginer ma petite Lila dans cet environnement me tétanisait. Quelques mois avant, l'été 2015, un jeune homme d'une vingtaine d'années avait été abattu dans la rue : un règlement de comptes, avait-on dit.

Malgré tout, ce mercredi d'octobre, je n'ai pas peur. Je ne vois plus le monde qui m'entoure. Mes copines, en revanche, ne sont pas très à l'aise. Nous voilà devant l'immeuble. L'appartement d'Anis est au 5e étage. Je croise une dame sur le palier. Se rappelle-t-elle d'un homme avec une petite fille ? Je lui pose des questions sur leurs bagages, je suis obsédée par ça, combien en ont-ils emportés ? J'ai l'impression que c'est un indice important. Mais la dame ne se souvient de rien. Elle ne le connaissait pas.

Nous entrons chez lui. Il vivait ici depuis le début de l'année 2015, neuf mois auparavant. Sa sœur était venue le rejoindre peu après, en attendant que son mari arrive de Tunisie. J'étais déjà venue quelques fois dans cet appartement, que je trouvais mal fichu : trop grand, avec plein de petites pièces et un long couloir. Du temps de sa sœur, c'était nickel. Mais là, quel choc ! C'est une décharge, un amas de détritus qui apparaît sous nos yeux. Je ne trouve pas d'autres mots.

Sur la droite, le salon. À gauche, une sorte de chambre et de bureau – en réalité, une porcherie. L'appartement tout entier est ainsi, un mélange de désordre et de saleté. Moi qui pestais toujours car il manquait la moitié des habits de Lila après ses week-ends chez son père, je les retrouve, pêle-mêle, parmi des monticules d'affaires empilées. Et au milieu, son petit vélo, acheté par Anis trois semaines avant.

Dans le salon, un matelas posé par terre, en mousse jaune, avec le drap-housse à moitié enlevé. Des papiers traînent, des vieux tickets de carte bleue, des Kleenex usagés.

Je tombe des nues, je réalise à quel point je ne connais pas cet homme. Le pire ? Savoir que ma fille habitait là quand il en avait la garde. Comment a-t-elle pu vivre, jouer, dormir, dans un pareil taudis ? Sans jamais rien dévoiler sur cet appartement ?

Depuis le déménagement de sa sœur, Anis s'était toujours arrangé pour qu'on se retrouve dehors, quand il devait prendre Lila et quand je la récupérais. Je comprends mieux pourquoi.

Dans la cuisine, le frigo contient quelques produits périmés : du surimi, du jus d'orange, et même un faitout avec des restes de moules pourries. L'évier déborde de casseroles sales. La salle de bains est du même acabit et le miroir opaque, tacheté de dentifrice séché.

Les matelas sont jetés à même le sol dans les chambres. Aucune décoration aux murs. Une vieille télévision dans un coin. Quelques chaises, pas de table. Pas de jouets non plus, ni dans le salon, ni dans les chambres.

Toutes les affaires de Lila sont dans le cagibi. Je ne comprends pas : pourquoi a-t-il fait ça, lui qui disait aimer sa fille ? Quel triste symbole, que d'entasser pêle-mêle ses petits trésors. Et surtout… Je découvre les claquettes de piscine, celles qu'Anis m'avait expressément demandé de glisser dans ses bagages, pour la piscine de l'hôtel en Tunisie. Et j'aperçois Nino. Le doudou de Lila. Son petit ours en peluche, son jouet préféré. Il est parti avec elle sans Nino…

Un torrent d'émotions me submerge. La haine, le dégoût, l'écœurement, la culpabilité. Mais je ne pleure pas. Mes amies, elles, n'en reviennent pas. C'est une scène de désolation. Comme si tout avait été abandonné sur un coup de tête. Ou au contraire, s'était-il laissé aller à ce point parce qu'il savait qu'il allait s'enfuir ?

Je refais le tour de l'appartement. Un indice, un itinéraire, des contacts, un gribouillis, n'importe quoi qui pourrait nous aider. Soudain, une carte de la Tunisie. Je l'inspecte dans tous les sens. Rien. Aucune annotation. D'autres choses me troublent : il ne reste aucun papier administratif le concernant. C'est louche. On dirait qu'il a voulu effacer la moindre trace de son existence. Sauf que, dans un coin, comme oublié, je découvre un énorme sac rempli de médicaments. Je vérifie : c'est son traitement, plusieurs mois de traitement… Il souffre d'une rectocolite hémorragique, une maladie chronique inflammatoire du système intestinal, assez lourde. Sans soins, on peut en mourir. Pourquoi a-t-il laissé ses médicaments ? Comment se soignera-t-il là-bas, où qu'il soit ? Je ne comprends rien.

Nous ressortons de l'appartement, mes copines et moi. Nous tambourinons à chaque porte, chez chaque voisin. Personne n'ouvre. Dehors, les commerces sont encore ouverts. Je ne prête pas attention aux regards posés sur moi. Je fais le tour des boutiques, je montre les photos : les reconnaissez-vous ? comment étaient-ils habillés ? Le coiffeur d'abord, qui regarde à peine. « Connais pas ! » Puis l'épicier, qui ne dit rien, sinon : « C'est la spécialité des Tunisiens d'enlever des enfants ! » Des gens commencent à se rassembler autour de nous. Les mines sont suspicieuses. Moi, je veux continuer à poser des questions. J'insiste. Mes phrases restent sans réponse. Mes copines me rappellent à l'ordre, il faut y aller. Je les suis à contrecœur. J'y aurais passé la nuit.

Nous repartons, bredouilles. Aucune piste, hormis la dévastation de l'appartement qui en dit long sur son état d'esprit. Ah si, j'ai pris Nino. Le petit ours. Je ne voulais pas que Nino reste dans ce taudis.

Mes copines me raccompagnent jusque chez moi. Mes parents ont déballé leurs affaires, ont fait quelques courses.

J'appelle le commissaire et lui raconte ma visite. Je pose toujours la même question.

Où sont-ils !?

Où sont-ils ?

Il me répond qu'ils ont une localisation. Il ne veut pas m'en révéler plus. Il lâche seulement : « C'est une localisation dans une station balnéaire. »

Il m'attend le lendemain, jeudi, à la première heure.

CHAPITRE 12

Première nuit chez moi… sans elle

Je n'avais jamais remarqué à quel point les soirées d'octobre, et la nuit qui tombe tôt, et les gens qui se calfeutrent chez eux, et le froid qui s'installe, pouvaient être aussi sinistres.

Dans mon petit appartement où je rejoins mes parents, nous nous gênons presque, tous les trois. La tristesse nous raidit, nous accule dans des recoins insoupçonnés de silence et de douleur. Nous devons faire des efforts, parfois, pour nous parler. Je n'aurais pas pu être seule et pourtant, d'une certaine manière, nous sommes seuls à plusieurs.

Malgré notre peine, leur présence me sauve. Ils me montrent leur amour. Ils me nourrissent, moi qui n'ai plus d'appétit. Mais la soirée se déroule dans le flou. Je n'ai qu'une idée en tête. La station balnéaire dont m'a parlé le commissaire.

L'ordinateur est devenu mon meilleur allié. J'y passe tout mon temps. Trouver un traducteur turc pour le dossier de la Convention de La Haye, chercher des explications, chercher jusqu'à s'étourdir, s'oublier complètement.

Dormir dans ma chambre, qui est aussi celle de Lila, s'avère impossible. Mon père s'y installe, tandis que ma mère et moi occupons le canapé-lit du salon. Le sommeil me fuit. La station balnéaire m'obsède. J'échafaude des théories : si le commissaire n'a rien voulu me dire, cela signifie forcément que le danger est imminent ! Je suis blottie dans les bras de ma mère, ce qui me réconforte, mais je sais aussi que cette situation est anormale, qu'elle n'a pas lieu d'être ; dans les bras de ma mère, à mon âge ? C'est tellement déroutant !

Chaque soir, pendant des mois, la tombée de la nuit décuplera mon angoisse. J'ai la hantise de m'endormir car je sais qu'au réveil, le même cauchemar me fera suffoquer : réaliser une fois encore que Lila n'est plus là. Pendant des mois, j'aurai l'impression de vivre le film *Un jour sans fin*, avec Bill Murray. Mais en bien plus dramatique : condamnée à la même horreur chaque fois que j'ouvre les yeux.

Mon cerveau est en surchauffe permanente. Je pense trop, et je m'aperçois que ma mère est dans la même spirale, à rejouer les événements de ma vie, à essayer de trouver des signes qui pourraient expliquer l'inexplicable. Quand ce n'est pas moi, c'est elle. Et inversement. Nous sommes en boucle. À tout vouloir décortiquer, nous nourrissons une bête qui nous tue. Ce qui nous sauve ? Nos crises de larmes et d'angoisse n'arrivent pas en même temps, heureusement.

Quand je sens que ça monte, j'essaye de prendre sur moi. Ou de me cacher. Car pour mes parents, c'est la double peine : leur fille est inconsolable, et ils ont perdu leur petite-fille.

Si ma mère reste plusieurs semaines à mon côté, mon père redescend vite dans le Sud. Être à Puteaux ne lui réussit pas, il tourne en rond mais ne veut pas sortir ; il dépérit. Peu après, nous irons le voir le temps d'un week-end, ma mère et moi. Sous le voile de leur peine, la maison est devenue un mausolée, un musée dédié à Lila. Ses photos sont partout. Je les enlèverai une à une. C'est la seule manière de ne pas sombrer. À mon père, je dirai ces mots difficiles : « J'ai besoin de toi mais je ne peux pas me permettre de me soucier de toi, car je suis trop occupée par la disparition de Lila. Tu dois tenir. »

Lentement, il se forcera à reprendre goût à ses activités, il recommencera à voir ses vieux copains ; il a la chance d'être bien entouré.

Le week-end où nous irons visiter mon père, Nino sera dans nos bagages. Je ne peux plus le garder. L'apercevoir dans l'appartement de Puteaux est un crève-cœur. Aujourd'hui, il trône sur la table de chevet de ma mère. Elle prend soin du petit ours ; un petit ours qui attend, comme nous tous, un miracle.

CHAPITRE 13

Ma fille, c'est…
(1re partie)

Lila… Que j'aime ton prénom, ces syllabes légères qui chantent et s'envolent !

Dès ta naissance, outre le poids des responsabilités qui m'incombaient, j'ai pris conscience de l'importance de la transmission. C'était une révélation. Je serais en partie responsable de la femme que tu deviendrais, par le biais de l'éducation, de l'amour et du bonheur que j'allais te donner. Je voulais en revanche éviter de te transmettre mes peurs et mes travers. Mais comment fait-on ?

En réalité, je suis passée par une sorte d'introspection salutaire – j'imagine que de nombreux parents suivent le même chemin. Car désirer le meilleur pour toi nécessitait, pour moi, de devenir quelqu'un de meilleur – de plus lucide, en tout cas. Je savais par exemple que je ne souhaitais pas être une maman-poule. Pour l'avoir vécu enfant, je connaissais le poids de cet amour parfois étouffant, quand bien même il déborde de tendresse. Je préférais au contraire t'inciter à l'autonomie, à l'ouverture vers les autres. Mon ambition était que tu acquières une solide estime de toi.

Au vu des trois ans et demi que j'ai eu la chance de vivre avec toi, ma Lila, je crois que j'avais plutôt réussi mon pari.

Tu étais sociable.

Tu étais drôle.

Tu prenais plaisir à faire des grimaces, et tu employais déjà l'expression « comme par hasard », pour souligner une situation pleine d'ironie.

Tu avais un cœur en or, plein d'amour et d'empathie pour les autres.

Une sensibilité à fleur de peau.

Plus grande que les enfants de ton âge, tu étais une petite copine protectrice et prenais les plus faibles sous ton aile.

Tu détestais l'injustice.

Tu n'aimais pas qu'on se moque des gens, je te l'avais appris et tu l'avais tout de suite compris.

Si tu voyais une personne en situation de handicap dans la rue, tu me la montrais avec respect en me parlant tout bas, et tu avais de la peine pour elle.

Je t'imagine lisant ces lignes ; tu sourirais peut-être de ce portrait sans défaut. C'est vrai qu'à mes yeux, tu n'en avais guère. Mais peut-on déjà en avoir à trois ans et demi ? Ou est-ce le souvenir qui embellit tout ? La tristesse et le manque de toi qui me portent vers les louanges ?

En cherchant bien, tu étais un peu possessive. Si un autre enfant m'approchait, tu tentais de l'écarter en lançant : « C'est ma maman ! » Ce qui, au fond, me faisait rosir de joie...

Tu adorais le cinéma. Ton premier film, Vice et Versa, *nous étions allées le voir ensemble à La Défense. Je t'avais préparée à l'expérience : ma Lila, nous serons dans le noir, le son va être très fort ! Tu avais été émerveillée, les yeux ébahis, transportée par le spectacle. Puis nous avions visionné tous les classiques.* Bambi, Le Roi Lion, Bernard et Bianca, Cendrillon, La Reine des neiges.

La morale des dessins animés, t'en souviens-tu, je l'utilisais aussi au quotidien. À la crèche, une petite fille avait critiqué ton legging : « Il est moche ! » Tu en avais été blessée, d'autant plus que cette copine te faisait souvent des remarques de ce genre. Du coup, je t'avais comparée à Cendrillon ; comme elle, tu attisais la jalousie, parce que tu étais jolie et intelligente. Cela t'avait apaisée.

Tes peurs d'enfants m'attendrissaient. Tu avais horreur du chat Lucifer dans Cendrillon, *mais les deux crocodiles bien plus terrifiants de* Bernard et Bianca *ne te faisaient aucun effet !*

J'avais plein de surnoms pour toi ; « Mamour », « Ma petite chérie », « Chatounet » ou « Mon petit cœur » que tu préférais... Curieusement, je n'employais jamais ton prénom, Lila, sauf lorsque je te grondais, ce qui arrivait rarement.

Tu avais une mémoire phénoménale. Tu te souvenais de tout. Des nouveaux mots, des contes...

Tu te blottissais contre moi devant la télévision, pour que je te fasse des gratouillis dans le dos.

Ce que tu aimais par-dessus tout, c'était les bulles. Souffler dans le petit rond en plastique pour faire des bulles de savon. Au parc, tu pouvais y passer des heures.

Pourtant, tu n'étais pas une grande aventurière. Et tu avais peur des manèges. Sauf celui du Jardin d'Acclimatation, avec ses petits chevaux. Mais tu adorais la balançoire.

Les samedis matin, nous allions à la médiathèque de Puteaux. Le rendez-vous dédié aux enfants, « L'heure du conte », te mettait en joie. Tu t'installais au premier rang, tout ouïe, et reconnaissais immédiatement les livres que nous avions déjà lus.

Nous faisions toujours plein de choses le week-end.

Comme aller à la piscine municipale. Tu avais une passion pour la piscine… Oh, que tu aimais glisser en hurlant de joie sur le grand toboggan !

CHAPITRE 14

La localisation

Jeudi 29 octobre 2015.

Insomnie, angoisse.

Je suis pressée que le jour se lève, que ce jeudi arrive.

Il n'est pas encore 9 heures et nous sommes déjà devant le poste de police, mes parents et moi. Le commissaire nous conduit dans son bureau rempli de dossiers, un bureau spacieux, dans les tons gris.

Il nous explique qu'une géolocalisation a été obtenue grâce à une connexion d'Anis, via son adresse e-mail. Sauf qu'il ne veut pas nous en dire plus. Il attend d'autres informations sur leur voyage.

Je ne comprends pas. Ils savent quelque chose, et moi non ? Avec le recul, j'imagine qu'il ne pouvait pas tout me dire. Mais sur le moment, c'est une torture supplémentaire.

Je redemande au commissaire si j'ai besoin d'un avocat.

« Faites comme vous voulez ! » répond-il.

L'entretien est assez bref. Dix à quinze minutes. Au fond, nous n'avons pas grand-chose à nous dire. Quand il se lève pour nous raccompagner, j'insiste encore. Plutôt désespérée qu'agressive. Plutôt désarmée qu'accusatrice. Est-ce pour cela qu'il finit par lâcher avec beaucoup de précautions, doucement, comme s'il avait conscience de la déflagration que sera pour moi cette information : « Il a été localisé à Iskenderun. »

Iskenderun. Je répète ce nom en boucle. C'est en Turquie, mais où ? Nous sortons du commissariat, soudain pressés. Dans la rue, je tape le nom sur mon téléphone.

Iskenderun.

Une ville balnéaire et industrielle au sud de la Turquie. Fondée en 333 avant Jésus-Christ par Alexandre le Grand. Je zoome sur la carte. À quarante kilomètres à peine de la frontière syrienne...

J'éclate en sanglots. Je m'appuie sur un poteau, dans la rue, pour ne pas tomber. Mes parents sont à côté de moi. Je m'entends hurler : « C'est fini, fini ! »

Je sens qu'ils ont franchi la frontière, je sens qu'il est trop tard.

Nous regagnons mon appartement. Je me rue sur l'ordinateur, je veux tout savoir sur Iskenderun. Mes parents s'occupent dans la cuisine et répondent au téléphone. La famille, les amis, nous adressent des marques d'affection par dizaines. Le plus souvent, mes parents décrochent ; c'est au-dessus de mes forces de soutenir une conversation presque normale autour de l'affaire, au-dessus de mes forces de me faire consoler, encore moins d'entrer dans les détails, les pourquoi et les comment… Malgré tout, cela me réchauffe le cœur de savoir que nos proches pensent à nous.

Sur la carte satellite : Iskenderun. Un front de mer aménagé, un petit port de plaisance, un grand port de commerce. Ça ressemble à une ville prospère. Je repère les routes ; à travers les montagnes, l'une mène vers la Syrie. Le col de Belen, puis Antioche, puis une sorte de voie rapide qui traverse tant de lieux inconnus. Je reconnais une piste d'aéroport, est-ce celui où ils ont atterri ? L'aéroport d'Hatay. J'apprendrai par la suite qu'ils ont d'abord été localisés à Ankara, puis à Iskenderun. L'émotion monte. Je pense à Lila arrivant dans ce pays étranger, elle qui pensait retrouver ses grands-parents, elle qui aimait tant que je lui décrive les lieux avant qu'elle ne les découvre…

Comment a-t-elle réagi quand elle s'est aperçue du mensonge ? Et lui, qu'a-t-il inventé pour calmer son angoisse ?

Je deviens un bloc de haine pure. Je hais cet homme. Je le maudis, je maudis le jour où je l'ai rencontré.

À force de concentration, mes yeux se brouillent. Les montagnes côtoient les plaines fertiles, quadrillées de champs cultivés. C'est plus vert que je ne l'imaginais. L'orthographe turque, puis arabe, me déconcerte. Côté syrien, les grandes villes du Nord, les plus proches de la frontière turque, celles dont j'ai entendu parler à la télévision, sont Alep et Raqqa

– cette dernière se trouvant, d'après les itinéraires cartographiques, à 6 heures de route et 350 kilomètres d'Iskenderun. Je songe à nouveau à Lila. Est-elle déjà dans l'une de ces villes syriennes ? Si oui, comment ont-ils effectué un trajet pareil ? C'est si long ! Elle n'est pas habituée, ai-je envie de crier, et elle est malade en voiture ! Ont-ils voyagé clandestinement ? Ont-ils passé la frontière de nuit ? A-t-elle pleuré, a-t-elle eu peur ?

Mais je n'ai pas le droit de flancher. Je recommence à passer des coups de fil. Même si je suis trimballée de service en service, entre le ministère des Affaires étrangères, de la Justice, et le Bureau de l'Union, l'information circule. L'histoire de Lila commence à être connue. On m'explique les étapes à suivre. Rien de décisif, hélas, uniquement de la paperasse à collecter ; le jugement du divorce, l'acte de naissance, le livret de famille. Prouver que Lila est bien ma fille, prouver que j'en ai la garde. Je dois faire traduire ces documents en turc pour déposer un dossier à La Haye. Si par hasard ils sont encore en Turquie, c'est la seule chance de revoir Lila. Encore me faut-il trouver ce traducteur turc assermenté.

Au cours de l'après-midi, le capitaine de la brigade criminelle de Nanterre m'appelle. Il a enfin l'autorisation du magistrat pour effectuer une perquisition chez Anis. Ce sera demain matin, vendredi, à l'aube. Il me donne rendez-vous à 6 h 30 devant la tour Nuages.

Maintenant, l'avocat. Sauf qu'on fait comment, quand on n'en connaît aucun, qu'on ne sait pas comment chercher, qu'« enlèvement d'enfant en Syrie » n'est pas une spécialité référencée sur Google, et que cet univers-là vous est totalement inconnu ? Sur Internet, je repère ceux dont on parle. Le nom d'Éric Dupont-Moretti revient souvent. J'appelle son cabinet. C'est un refus. « On ne traite pas ce genre de cas », me répond-on. Cela me démoralise. Qui acceptera de porter mon histoire ?

À cet instant-là, par un hasard qui se renouvellera parfois, comme si ma bonne étoile brillait de temps en temps dans un horizon couleur charbon, à cet instant-là, l'une de mes amies qui joue discrètement le rôle de bonne fée m'envoie un texto : Frank Berton, un avocat de Lille, médiatique lui aussi, a eu vent de ma situation. Il a envie de s'occuper du dossier. Quel soulagement !

Je reste toute la soirée devant mon ordinateur, devant mon téléphone. Ce sont mes bouées de sauvetage. Je garde les écouteurs sur les oreilles, au cas où on m'appellerait. Au cas où *il* m'appellerait. Que je puisse entendre ma Lila.

Mais sur Skype, rien. Je vois qu'il est déconnecté.

CHAPITRE 15

Un avocat… et mon travail

Vendredi 30 octobre 2015.

Ma mère et moi nous levons, c'est la nuit noire. Il fait froid, et le ciel est dégagé quand nous sortons pour rejoindre la Cité Picasso. Nous avons à peine dormi, à peine avalé un café. Les rues sont silencieuses, et serrées l'une contre l'autre, nous marchons sans croiser personne.

Nous arrivons en avance. Je fais les cent pas, le ventre noué. Un mélange de nausées, de faim peut-être, même si l'appétit me fuit, et de culpabilité. Celle-là, elle ne me lâche pas. Le fait d'être liée à lui, d'avoir eu un enfant avec lui. Ce monstre. Je m'en veux tellement d'être tombée sous son charme, mais je n'aurais pas eu Lila…

Je ne sais plus où j'en suis.

D'un coup, trois voitures arrivent, et six policiers en sortent, habillés en civil. Ils prennent du matériel dans les coffres, on ne s'éternise pas dehors. Je salue le capitaine de la criminelle, ainsi qu'une femme qui se présente : c'est la personne de l'antiterrorisme que j'aie eue au téléphone. Le capitaine est loquace et plutôt sympathique, il porte un blouson de cuir marron, je me dis qu'il fait « très flic ». La femme de l'antiterrorisme a la trentaine, les cheveux clairs mi-longs, elle me semble douce et d'une allure presque banale.

Une fois dans l'appartement, je leur dis tout ce que je sais, je parle, je parle, pour prouver ma bonne foi. Ma mère, elle, me suit comme une ombre, sans prononcer un mot.

Je ne sais pas combien de temps ça dure. Une heure, trois heures ? Les policiers s'affairent. Ils portent des gants, fouillent, répertorient, notent des choses dans leurs carnets, chacun occupé à une tâche particulière. Je les observe, debout dans un coin. On se croirait dans la série *Les Experts*.

La passivité ne me réussit pas. Depuis deux jours, seule l'action me fait tenir – les semaines et les mois à venir le prouveront encore plus. Mon but : être occupée non-stop. La succession des tâches me permet de ne pas m'effondrer. Elle m'évite également le déni, et l'apitoiement sur moi-même. Quand ça s'arrête, je sombre. Dès le début, instinctivement, je fais en sorte que ce ne soit jamais le vide.

Une fois la perquisition terminée, nous quittons les lieux. Mais les policiers m'attendent à la brigade criminelle de Nanterre pour une nouvelle déposition. Un crochet par la maison et nous repartons, ma mère et moi. Je vérifie comment y aller. C'est le bus 258, celui qui mène à la brigade, juste à côté ; 258, un numéro désormais inscrit dans ma mémoire. Je serai amenée à le reprendre, ce fichu bus.

Chez les policiers, le bureau où je me retrouve est sombre et petit. Juste un ordinateur, et l'enquêteur qui m'interroge. Quand je flanche, que je raconte ma culpabilité de n'avoir pas vu, ni alerté, le policier me répond : « Vous l'auriez signalé, cela n'aurait rien changé. On ne peut pas surveiller tout le monde ! » Cette phrase me marque. Dans les moments difficiles, je me la répéterai comme un mantra. Le policier me donne sa carte et son numéro de portable. Au cas où.

En début d'après-midi, la collaboratrice de Frank Berton m'appelle. Je lui explique tout. Sa voix est chaleureuse, elle trouve les bons mots, et me confirme que l'avocat est d'accord pour me défendre. Puis-je me rendre à Lille lundi ? Après mon rendez-vous avec Me Berton, nous tiendrons une conférence de presse.

Une conférence de presse ? Je suis estomaquée. Les enjeux, et surtout les conséquences de la médiatisation, m'échappent complètement. Mais je lui fais confiance à 1 000 %. Pour la première fois depuis le début de ce cauchemar, je ressens un brin d'espoir.

Une autre chose me met du baume au cœur : la profonde humanité de mes collègues. Depuis deux jours, seuls mes collaborateurs les plus proches, ainsi que mes chefs directs, sont dans la confidence. Ils se montrent exemplaires : je ne dois pas m'inquiéter pour mon travail, mais me concentrer sur Lila. Après la médiatisation, quand tout le monde apprendra ce qui m'arrive, le soutien sera encore plus fort, à chaque niveau hiérarchique. Mon poste est protégé quoi qu'il advienne, me dira-t-on, sans aucune condition ni limite dans le temps. Cela paraît incroyable et pourtant, c'est ainsi que les choses se sont passées… Ce vendredi 30 octobre, je me demande : « Comment ferais-je sans eux ? »

Je me le dis encore ; à croire que l'inhumanité dans laquelle j'avais été plongée devait être contrebalancée, un tant soit peu, par des gestes d'une telle bonté.

CHAPITRE 16

Un signe de vie

« Lila va bien elle est en bonne sante je jure par Allah je n ai pas fait ca pour me vanger de toi bien que le resultat est le meme ni pour me vanger de ma fille en la privant de sa maman ni pour me vanger de mes parents en les privant de leur petite fille et la leur fils… pour le moment je n ai pas accees au moyen de communications ceci un moment rare il se peut que les prochaines news spres plus de 2 mois apres je te donnerai regulierement des nouvelles incha Allah. Qu allah te donne patience dans cette imense epreuve »

Il est 15 h 26, ce vendredi 30 octobre, quand ce message d'Anis s'affiche sur mon téléphone via Skype.

Sang glacé. Mains qui tremblent. Panique. La première chose à laquelle je pense, c'est qu'il a traversé la frontière. Il n'y a plus d'espoir. Je n'essaye pas de l'appeler : le message m'est apparu en notification, mais lui est déconnecté.

Avec le recul, je sais que ce moment-là représente mon troisième choc de la semaine. Le troisième coup de poignard, après l'appel de sa sœur et la localisation d'Iskenderun.

Je contacte tout de suite l'enquêteur de la brigade de Nanterre, celui qui m'a auditionnée le matin même. Il me dit qu'il va essayer de tracer le message. Je fais une capture d'écran et la lui envoie, ainsi qu'à la collaboratrice de Me Berton. Puis j'alerte l'enquêtrice de l'antiterrorisme et mon interlocuteur au Bureau de l'Union.

Je lis, encore et encore, ces quelques lignes. Je les connais par cœur. Je cherche des indices, des significations cachées. Mais qu'y aurait-il à comprendre ? Et pourquoi *tant* de fautes d'orthographe ? Je me persuade presque que ce n'est pas lui.

Je me sens complètement anéantie. Ma fille, plongée dans le chaos du monde. Ça y est, je l'ai perdue pour de bon. J'avais déjà du mal à croire à leur retour… Mais ce message prouve qu'ils sont très loin. Et lui, qu'il se sait fichu. C'est un point de non-retour. Parce que j'ai prévenu la police. Il s'en doute. Et s'il revient, il ira en prison. Or, il a trop d'ego pour ça. Admettre qu'il a fait une énorme connerie, demander pardon : il en est incapable. Quand bien même il regretterait son départ, il ne fera pas machine arrière.

Avec ma mère, nous basculons dans la colère. Une scène de haine pure mais nécessaire. Libératrice. Nous l'insultons et le traitons de tous les noms, lui souhaitant le pire. Et puis ça retombe. Le jour s'en va, la pénombre s'installe, le blues nous avale tout entières. Nous n'avons plus de larmes.

Le samedi et le dimanche se succèdent comme dans un mauvais rêve.

J'apprends que le dossier de Lila est officiellement transféré à la brigade criminelle de Nanterre. C'est déjà plus « sérieux », mais pourquoi le parquet n'a-t-il pas encore saisi le pôle antiterroriste alors qu'une policière de chez eux m'a appelée, cette femme gentille qui est même venue lors de la perquisition ?

Moi qui n'y connaissais rien, j'assimile en accéléré ces mots-là, les procédures lourdes, les mystérieux ressorts de la justice.

Le samedi matin, je veux rencontrer le magistrat de garde à Nanterre. Cela m'obsède. Nous faisons le pied de grue, ma mère et moi, devant le tribunal. Qui est fermé. Tant pis, j'attends, nous attendons face à l'agent qui a prévenu de notre présence. Je ne partirai pas sans l'avoir vu, ce magistrat. Un homme aux cheveux blancs finit par arriver plus d'une heure après. Il n'est pas méchant, il est même compréhensif, mais il s'en tient à la loi. Or la loi précise qu'Anis a la garde de Lila jusqu'à dimanche soir. Demain soir. Nous rebroussons chemin, j'essaie de ne pas hurler.

Dimanche, une copine passe nous prendre. Promenade obligatoire. Se changer les idées, dit-elle. Nous allons vers les Grands Boulevards, à Paris, montons sur la terrasse du Printemps. J'ai l'impression de flotter. Je suis un fantôme. Je me demande comment font les gens pour vivre ? Pour rire ? Pour faire du shopping ? Je regarde les toits de la ville. Je réalise que pour les autres, le monde continue de tourner, alors que le mien est mort.

Les parents et les enfants sont partout ! Comment les fuir ? C'est le début de ma stratégie d'évitement. Faire des détours pour ne pas passer devant les écoles, changer de trottoir à la vue des petits, éviter les heures de sortie, se méfier des mercredis après-midi…

Nous rentrons plus tôt que prévu.

J'ai hâte d'être à demain. Lundi. Pouvoir enfin agir, avec mon avocat, contre cet homme que je croyais connaître.

Anis.

CHAPITRE 17

Qui était ton père

Ton père a passé son enfance entre la Libye et la Tunisie, avec ses deux frères et sa sœur. Ton grand-père, Y., était commerçant, et gagnait très bien sa vie. Mais la famille a dû rentrer en Tunisie à l'occasion d'un bouleversement politique. Ils ont tout perdu. Les choses sont devenues difficiles, et ton père a « appris à se débrouiller », selon ses propres mots. Puis il a obtenu l'équivalent du bac, et il a fait des études de tourisme – c'est en tout cas ce qu'il m'avait dit.

Je m'entendais très bien avec sa famille. Il m'a présenté ses parents très vite, Y. et A.-F., sa mère, qui m'ont adoptée sans hésiter. Ils ne savaient pas quoi inventer pour me faire plaisir : de bons plats, de jolies attentions. Tes grands-parents me considéraient comme leur fille. Et moi, je me sentais complètement à l'aise avec eux.

Depuis ton enlèvement, nos relations se sont distendues. La douleur est une émotion si singulière que chacun la surmonte à sa manière… J'imagine sans mal leur chagrin et c'est ainsi que nous sommes désormais, éloignés mais reliés par une peine atroce ; ta grand-mère n'a-t-elle pas perdu, elle aussi, une petite-fille et un fils ?

Malgré la proximité avec sa famille, Anis n'évoquait guère sa culture tunisienne, ni ses origines arabes. Il ne s'adressait jamais à toi dans sa langue maternelle, car il voulait que tu sois plus française que tunisienne. Lui aussi désirait se fondre dans le paysage occidental. Il était très fier d'être français – il avait obtenu la nationalité grâce à son premier mariage – et disait souvent : « J'adore la France, ce pays m'a tout donné. On y vit si bien ! »

Chaque jour, il passait des heures dans la salle de bains à prendre soin de lui : pas un poil de barbe et le crâne rasé, c'était son look. Il entretenait ses muscles dans un club de sport et aimait attirer l'attention, même si ça tirait parfois vers le « bling-bling ». Costumes-cravate, bague au petit doigt et lunettes très branchées – ah, ses Ray-Ban Aviateur !

Il avait le goût du confort, voire du luxe. Il mangeait bio, nous aimions aller au restaurant et, comme je te l'ai déjà raconté, nous avions la passion des voyages. Grâce aux avantages de son groupe, nous avons visité Barcelone, Lisbonne, Rome, Bologne, Pise, Florence, Venise… Mais aussi la Corse, la Sardaigne, l'Égypte, la Thaïlande, le Mexique… Nous aimions le soleil. Et nous allions souvent en Tunisie voir tes grands-parents.

Nous gagnions correctement notre vie, et avions conscience d'être privilégiés. Heureux et privilégiés.

S'il était très soucieux de son apparence, ton père ne prenait aucun soin des choses. Était-il distrait ? Désinvolte ?

« Rien n'est grave, ce n'est que du matériel ! » disait-il. Au début, cela m'avait plu. Ne bousculait-il pas mon côté légèrement maniaque ? À la longue, il a cassé un nombre incalculable d'appareils ménagers, il grattait systématiquement les poêles à la fourchette, il a même embouti ma voiture. Sa seule réponse : pas grave ! Je trouvais cela pénible, mais je m'adaptais.

Mes copines aimaient son côté taquin ; ah, il savait y faire ! Sauf qu'il prenait beaucoup de place. Tu vois, ma Lila, c'était le genre d'individu qui a toujours un avis sur tout. Sa culture générale en imposait, c'est vrai. Il regardait les chaînes françaises, arabes, anglaises, avec une prédilection pour les émissions politiques et pour Arte. La lecture, en revanche, ce n'était pas trop son truc.

Il était galant, et se montrait généreux avec moi. Toujours une pensée, ou une petite pâtisserie le soir en rentrant.

Je t'avoue pourtant, ma Lila, que j'ai appréhendé de présenter ton père à mes parents. Je suis très pudique. Celui que j'amène, me disais-je, ce sera le bon ! Et en toute franchise, le fait qu'il soit tunisien et de confession musulmane m'angoissait un peu.

Même à notre époque, ce ne sont pas des alliances qui vont de soi, en tout cas je m'étais préparée à une éventuelle résistance de ma famille. N'appréhende-t-on pas l'inconnu ? La mixité, la différence, c'est plus facile chez les autres. Le côté religieux, notamment, aurait pu les déstabiliser. Mais il n'y avait pas de quoi : quand ils l'ont connu, ton père n'était pas pratiquant, il buvait même du vin et mangeait du porc. Ah, c'était un bon vivant ! Mes parents se sont mis en quatre pour que tout se passe bien, à le recevoir comme un prince, à lui préparer des festins… Nous sommes allés jusqu'à partir, tes grands-parents, ton père et moi, en vacances ensemble sur la côte d'Azur et en Corse.

Certes, il y avait un peu d'électricité dans l'air entre ma mère et lui. Elle continuait de sentir quelque chose de bizarre dans sa façon d'être. Lui, de son côté, la critiquait parfois. Mais mes parents, c'est sacré. Il avait compris qu'il ne fallait pas insister.

Durant l'été 2009, un de ses collègues est mort d'un accident de scooter en Thaïlande. Ça l'a énormément ébranlé, comme une prise de conscience. Peu après, il m'a annoncé avoir besoin de spiritualité. La vie peut basculer du jour au lendemain, disait-il, et il voulait être prêt. Pourtant, ses parents n'étaient pas pratiquants, ni personne dans sa famille. Il s'y est mis de manière très personnelle. Rien d'ostentatoire. Quand il rentrait le soir, il allait prier dans la chambre. Il me parlait parfois de l'islam, de l'importance du foyer, de la mère, de la sienne qu'il aimait par-dessus tout. De la générosité envers les nécessiteux. Uniquement des belles valeurs. Je le trouvais épanoui, encore plus radieux.

Il avait du caractère. Moi aussi. Comme on dit, il était « cash », très entier, pas dans la nuance ; mais souvent, ses arguments étaient constructifs et justes.

Un jour tranquille, presque banal, il m'a demandée en mariage. Sans violons, sans grand tralala, mais cela faisait sens. Après tout, nous voulions un enfant. Et j'aimais son côté protecteur et ambitieux à la fois. Nous avions tous les deux l'envie d'évoluer. Et quand nous ne voyagions pas, nous étions bien à la maison. Ensemble.

Bref, les feux étaient au vert : des valeurs communes comme la famille et le travail, un homme sérieux avec qui je pouvais construire ma vie.

Une chose cependant était étrange : malgré son charisme, il n'avait guère d'amis sinon quelques collègues, que je lui proposais souvent d'inviter à la maison, mais il refusait. Moi, en revanche, j'avais des amies et des copines fidèles, et présentes.

Nous nous sommes mariés en janvier 2011. Un véritable jour d'hiver – triste, gris et pluvieux. Comme si le ciel savait ce qu'il allait advenir de nous, ma Lila, et portait déjà le deuil. Mes parents n'étaient pas très emballés par notre union, tout en s'étant déjà adaptés à la nouvelle pratique religieuse de ton père : quand nous allions les voir dans le Sud, ils cuisinaient des plats sans porc, respectaient ses moments de prière. Néanmoins, ils m'avaient fait part de leurs réserves. Je n'avais rien voulu entendre, je m'étais braquée.

Ce jour de janvier, cependant, mes parents étaient là par amour pour moi. Sa famille à lui n'avait pas pu venir, une histoire de visa. Il n'y avait donc que mes proches. Nous avions opté pour un mariage civil. Aucune cérémonie religieuse, car ni lui ni moi n'y tenions. À l'heure du déjeuner, nous sommes allés au restaurant avec la famille, les témoins, les amis. Rien d'exceptionnel. Nous n'avons pas dansé, ni fait la fête jusqu'au bout de la nuit. Quand j'y repense, c'était assez expéditif...

Dans la foulée, j'ai voulu acheter un appartement plus grand. Notre maison nous plaisait beaucoup, mais c'était un courant d'air ! Or, quand un enfant s'annonce, on désire quelque chose de solide, de pratique, de sain. Malheureusement, le prix de l'immobilier à Puteaux était trop élevé. Nous nous sommes rabattus sur Argenteuil, dans le Val-d'Oise, où un programme immobilier correspondait à notre budget. D'après les plans, l'immeuble promettait d'être magnifique. Si les alentours nous rebutaient – c'était excentré, dépourvu de commerces – le vendeur nous a assuré que le quartier était en plein développement ; les infrastructures suivraient. Nous avons signé : l'appartement serait à nous deux ans plus tard.

Quelle erreur n'avais-je pas faite...

Mais ça, je ne le savais pas encore.

En cette année 2011, nous étions sur un petit nuage. Je suis tombée enceinte très vite. Quand tu es née, le vendredi 3 février 2012, je pensais que ma vie allait prendre le plus beau des virages.

Hélas, c'est à ce moment-là que ton père a commencé à devenir un autre homme.

CHAPITRE 18

Ma sortie dans les médias

Lundi 2 novembre 2015.

Dans la matinée, ma mère et moi prenons le TGV pour Lille. Mon rendez-vous est fixé à 13 heures. Nous déjeunons dans un bar-restaurant non loin du cabinet. Je ne tiens pas en place. Pourvu que ce Frank Berton puisse m'aider, qu'il fasse bouger les choses au niveau judiciaire et international ! J'espère de lui un miracle. Après tout, il a l'expérience des gros dossiers. C'est un ténor du barreau, comme on dit. N'a-t-il pas fait libérer Florence Cassez de sa cellule mexicaine ? N'a-t-il pas fait acquitter trois personnes dans l'affaire d'Outreau ?

Nous sommes dans la salle d'attente de son cabinet. Moquette grise, fenêtres, impatience. Le voilà qui arrive. Une allure de rugbyman, les cheveux noirs gominés en arrière, une gueule d'acteur de films, un peu à la Lino Ventura.

Spontanément, je lance : « Enfin, j'avais hâte de vous voir, maître ! »

Lui m'appelle par mon prénom : « Bonjour, Magali ! » Et ce Magali, à ce moment précis, me fait vraiment chaud au cœur.

Nous nous serrons la main.

J'avais lu des choses sur lui. Qui m'avaient touchée. Une enfance pas forcément facile, un milieu social pas forcément privilégié. Mais de fortes valeurs humanistes, et la volonté de défendre « les gens dans le pétrin ». Comme moi.

Nous sommes dans son grand bureau, baigné de lumière. Nous faisons le point sur l'affaire. Il ne me fait rien miroiter, il m'explique tout de manière franche, mais bienveillante. La conférence de presse, dans l'après-midi, m'effraie. Je n'ai jamais parlé devant des journalistes. Il me rassure : « Vous raconterez simplement votre histoire. »

J'ai apporté des photos de Lila. J'en choisis une. Elle est en robe verte d'été, les cheveux attachés en chignon, dans notre appartement, je l'ai prise juste avant la rentrée. Elle sourit, c'est elle tout craché.

Frank Berton imprime la photo en format A4.

Sa collaboratrice est également là. Tour à tour, ils me posent des questions. Beaucoup de questions. Il veut faire transférer le dossier à l'antiterrorisme. Il va s'en occuper, passer un coup de fil après la conférence de presse.

Et les journalistes ? Médiatiser l'affaire, explique-t-il, permet d'accélérer le processus. C'est sa technique à lui. Cela me dépasse, mais je lui fais confiance.

À un moment, il me dit : « Magali, il faut y aller, c'est prêt. »

Nous sortons de son bureau, un couloir, et j'entre dans une salle. Les flashs crépitent, m'aveuglent. Il y a un monde fou, des caméras, des projecteurs, des micros… Mais que font tous ces gens ici ? Je suis stupéfaite.

Frank Berton pose le décor. Puis je parle. Et les journalistes posent des questions.

Est-ce la pression accumulée, est-ce cette situation complètement folle, est-ce le fait de réaliser que ma vie est jetée en pâture – mais je craque. Je perds le peu de dignité qu'il me reste, et j'éclate en sanglots.

Moi qui suis farouchement pudique, si bien que peu de gens savaient même que j'avais divorcé, me voilà mise à nu. Je dois dévoiler à la France entière ce que j'avais caché à mes plus proches amis. Ce qu'Anis était devenu, sa dérive, notre divorce, ce qu'il a fait à notre fille. Tant de secrets…

Cet homme m'a tout pris. Lila, mes souvenirs, mon honneur. Je suis engloutie par la honte. Comme lors de ma première déposition face à la policière, je comprends les femmes victimes d'agression qui peinent à s'exprimer. Le poids de l'infamie, de l'humiliation. La déchéance qu'on sent se plaquer sur soi comme un linge poisseux.

Aujourd'hui, je m'en veux d'avoir pleuré devant les caméras. D'ailleurs, je n'ai jamais pu voir les images de cette conférence de presse.

J'appréhende les questions sur sa radicalisation. J'ai peur de devoir avouer que je n'ai rien vu, que je me suis fait avoir. Forcément, ma naïveté, ma responsabilité vont éclater au grand jour. Les gens vont penser que je n'ai pas su protéger ma fille. À chaque moment, pourtant, je pense à elle. C'est pour elle que je fais tout ça. Sa vie est en jeu. Je dois tenir, aller jusqu'au bout des larmes. Tenir.

Je ressors de là complètement vidée. Je ne peux pas m'empêcher de me sentir mise en accusation. À partir du moment où le mot « radicalisation » est lâché, on devient suspect. D'avoir partagé la vie d'un tel individu. De lui avoir fait confiance.

Me voilà de nouveau dans le bureau de Frank Berton. Il passe un mystérieux coup de fil et m'annonce que mon dossier sera transféré dès le lendemain au Pôle antiterroriste. Aussitôt, les questions se bousculent dans ma tête : si ce transfert avait eu lieu une semaine plus tôt, ma vie aurait-elle changé ? Aurais-je récupéré ma fille ? Aurais-je sauvé Lila ?

J'enchaîne ensuite les interviews en tête à tête. Une journaliste de TF1. Puis une autre de *L'Obs*, dans le train du retour. En parallèle, Frank Berton m'envoie des textos. Il a calé d'autres rendez-vous dans les jours qui viennent. Bourdin sur RMC. « Le Grand Journal » sur Canal+. Le journal de France 3. Je n'imaginais pas l'ampleur que cela prendrait.

De retour à Puteaux, malgré la fatigue, j'ai l'impression que quelque chose avance, pour la première fois depuis six jours, quand j'ai appris la disparition de ma fille.

CHAPITRE 19

36, quai des Orfèvres

Les jours suivants se déroulent dans un tourbillon.

Mon avocat gère tout. Une journaliste de CNN me contacte en direct sur Facebook pour me rencontrer – je finirai par refuser. Les sollicitations sont trop nombreuses. Plateaux télé, émissions de radio, demande d'interviews. À chaque fois, raconter mon histoire, répéter les mêmes choses, répondre aux mêmes interrogations. Comme un automate. Je suis livide. Malgré ma tête de zombie, je décline tout maquillage, sinon un peu de fond de teint. Ce serait indécent, du maquillage en de telles circonstances.

Des amis me suggèrent de créer une page Facebook. Pourquoi pas ; tous les moyens sont bons pour tenter d'atteindre ma fille, ou des gens qui pourraient la reconnaître… Nous l'appelons « Revoir Lila ». Elle existe toujours. J'y ai mis des photos d'elle, je lui adresse des mots plusieurs fois par an. Un texte expliquant sa disparition y figure en plusieurs langues. Au cas où.

Je trouve enfin un traducteur turc pour le dossier de La Haye. Un petit pépé adorable. Il est abasourdi par mon affaire, et se montre d'une grande gentillesse. Nous remplissons les documents en une journée.

Après la médiatisation, c'est la déferlante. Mes amis, mes collègues m'appellent. La plupart tombent des nues, ils ne savaient rien. Mais tous sont formidables. Je reçois des dizaines de messages et passe du temps à y répondre mais je continue d'avoir du mal à comprendre cette sollicitude, à accepter que les autres me prennent pour une victime alors que moi, rongée de culpabilité, je m'y refuse encore. Évidemment, des inconnus ne se privent pas de commenter mon cas. Mes amis me protègent de ces posts haineux sur Internet où il est écrit, en substance, qu'ayant épousé un Arabe, il fallait s'y attendre : j'ai bien mérité ce qui m'arrive.

Le mardi 3 novembre, après l'interview en direct sur RMC, qui s'est bien passée malgré ma détresse et grâce à la bienveillance de Jean-Jacques Bourdin, nous allons à la brigade criminelle de Nanterre. Mon avocat a tenu parole : le dossier a été transféré au Pôle antiterroriste et on va nous y conduire, ma mère et moi. Nous montons dans une voiture de police. Nous sommes prévenues : le chauffeur a une conduite « sportive ». En effet, de Nanterre au quai des Orfèvres, nous mettons quinze minutes chrono, avec sirènes et gyrophares. Je me sens projetée dans une vie qui n'est pas la mienne.

Le 36, quai des Orfèvres, c'est l'enceinte de la police. Un mythe. C'est également ici que se trouve le Pôle antiterroriste. Je suis très impressionnée, même si ce n'est pas du tout ce que j'imaginais. Les locaux sont exigus, usés, les murs jaunes et décrépis. Il y a plein d'escaliers biscornus et la montée me semble interminable. Je finis par entrer dans le bureau d'un policier à peine plus âgé que moi. Difficile de se dire qu'il travaille à l'antiterrorisme tant il paraît décontracté. Son bureau est vieillot, avec des cartes de l'Irak et de la Syrie punaisées au mur. Les fauteuils sont hors d'âge, il s'en excuse d'ailleurs. Ma mère s'assoit un peu en retrait. Il lui demande de sortir, j'insiste pour qu'elle reste. Derrière le policier, un portemanteau avec sa veste et son pistolet. Ainsi, je suis au cœur de la machine, au bon endroit. Mais ça ne me rassure pas. Au contraire ; c'est la preuve que c'est très grave.

Je dépose officiellement plainte pour « enlèvement par ascendant en lien avec une entreprise terroriste ». Une fois le document signé, le policier s'exprime peu. Cette première entrevue est étrange. Il sait déjà tout. Il m'observe beaucoup.

Surtout, il me parle de confiance. Je perçois à demi-mot sa méfiance, inhérente à une stratégie de médiatisation dont je n'avais pas mesuré toutes les conséquences. Et je le comprends : comment peut-il faire confiance à quelqu'un qui risque de parler à des journalistes ? Je réalise aussi que je me suis trompée : je pensais que l'avocat ferait le tampon entre les enquêteurs et moi, que c'était lui qui allait recevoir les informations et me les donner ou pas. Or c'est l'inverse qui se profile. Me voilà en première ligne. Ne suis-je pas au cœur du dossier, après tout ? Je choisis d'emblée d'être totalement transparente, d'informer l'antiterrorisme si Anis venait à reprendre contact avec moi. Tout leur dire. Tout miser sur leur aide. Ensuite, ce sera à moi de décider si j'informe mon avocat des avancées du dossier. Le tampon, c'est moi. La police ne se mettra jamais en contact avec maître Berton. Or, cette responsabilité m'écrase. Comment savoir si je serai à la hauteur ? Comment faire preuve de discernement ? J'ai le sentiment d'être seule au monde, et le risque de passer à côté d'une information importante me terrifie.

Je sors sonnée de cette rencontre-clé. Ce policier doit devenir mon contact. Or, je l'ai senti suspicieux. Il m'a désarçonnée. Par la suite, je découvrirai que lui et son équipe sont des gens en or. Et d'excellents professionnels. Mais pour l'instant, dans la rue, avec ma mère, face à la Seine, je suis en larmes.

En fin de semaine, Frank Berton me téléphone : « On arrête les interviews ! Lila étant médiatisée, elle peut devenir une monnaie d'échange, elle a pris de la valeur. »

Et c'est dangereux. Cela ouvre la porte à ceux qui pourraient nous faire miroiter des informations farfelues. Et sur place, cela braque les projecteurs sur Lila : par conséquent, les mesures de sécurité de Daech vont se renforcer et ma fille sera encore plus inatteignable, si tant est qu'il y ait un espoir de l'atteindre.

Je suis soulagée d'en finir avec les interviews. Exposer ma vie était une douleur supplémentaire. Mais je continue d'appeler les policiers, les ministères, le Bureau de l'Union. Avec chaque interlocuteur, je cherche à être rassurée. Que devient Lila ? Mais jamais, jamais, je n'obtiens de retours positifs. Rien de rassurant. Pas la moindre lumière au bout du tunnel. Aucun espoir.

Au fil des jours, je veux disparaître. Je me méfie de tout, j'ai peur qu'on m'attaque. Je me dis qu'Anis avait peut-être des complices, qu'ils vont s'en prendre à moi. Un soir, des collègues du bureau me font la jolie surprise de m'envoyer un bouquet de fleurs. Quand le livreur sonne, il fait nuit et nous décidons de ne pas répondre, ma mère et moi – devant son insistance, je finis par descendre à pas de loup, ma mère faisant le guet à la fenêtre, la psychose à son comble.

Nous restons claquemurées dans l'appartement de Puteaux. Nos rares déplacements me rendent paranoïaque. Tout le monde m'a l'air bizarre. Je change mes mots de passe, mes adresses mail, je bloque mon compte Facebook.

Ne plus apparaître nulle part.

Et puis, le 13 novembre arrive.

CHAPITRE 20

La métamorphose de ton père

Du jour au lendemain, ton père a changé.

Au jour de ta naissance, précisément, le 3 février 2012.

Je bénéficiais d'un congé maternité doublé d'un congé parental ; un moment privilégié pour accompagner les premiers mois d'un enfant, pour vivre son arrivée au monde. Mais ton père a soudain décrété que les travaux ménagers m'incombaient aussi, en totalité. Après tout, j'étais à la maison !

Du jour au lendemain, il n'a plus rien fait. Lui qui était serviable, galant, attentionné, est devenu un autre homme. Un fainéant.

Le cliché du mari affalé devant la télé, de l'épouse en peignoir qui n'a pas le temps de se laver tant elle court partout, c'était notre vie. Lui, avec ses horaires décalés, exigeait qu'on ne fasse pas de bruit la journée, quand il dormait. Le reste du temps, il ne m'aidait plus. Jamais.

Le fainéant s'est aussi révélé un vrai macho. Il ne cessait de chanter les louanges de sa mère – sa mère qui avait élevé quatre enfants. En comparaison, disait-il, je n'assurais pas une cacahouète. Et lui, était-il si doué pour s'occuper du bébé que tu étais, ma Lila ? Pas vraiment. Il manquait de patience et se montrait brusque. Il t'arrachait à moi, même quand tu dormais, et si tu éclatais en sanglots, il te remettait aussitôt dans mes bras.

Sa méchanceté me décontenançait. Elle s'exerçait même devant mes proches. Il ne haussait pas la voix, mais le ton était sec. Coupant. Cela a commencé une semaine après ta naissance. Une copine nous rendait visite, et j'étais épuisée. Il m'a fait une réflexion très dure.

Quelque temps après, j'ai eu cette pensée, je m'en souviens très bien, c'était un soir dans l'appartement, après un énième accrochage : « Je suis piégée, je suis dans la merde. »

Car nous nous disputions sans cesse, ma chérie, et la tension s'exacerbait avec la fatigue. C'est vrai que l'arrivée d'un enfant bouleverse un couple. Il fallait qu'on s'adapte à toi. Mais je le trouvais complètement irresponsable, et puéril.

Je suis entière, ma Lila, je ne peux pas faire semblant. Lui avait cette capacité à oublier. Moi, j'ai un côté rancunier. J'ai du mal à rafistoler l'amour quand on me blesse comme il l'a fait. Les disputes à répétition, ça use.

J'ai repris mon travail en octobre 2012. Tu avais huit mois. Pendant l'hiver, à la crèche, tu as été malade à répétition. Jongler entre le boulot, les rendez-vous médicaux, mon couple qui battait de l'aile : ce n'était pas facile. Nos querelles redoublaient, mesquines, agressives. Ton père ne supportait aucune remarque, il était d'une mauvaise foi terrible et savait tout sur tout. Il retournait la situation comme un manipulateur, parvenait à me faire douter. Dans un magazine, j'ai lu que son comportement correspondait à celui d'un pervers narcissique.

Au fil des mois, notre histoire est devenue de plus en plus bancale. Mais je serrais les dents en rêvant à ce nouvel appartement d'Argenteuil. Nous devions y emménager à la rentrée 2013. C'était un objectif. Tenir jusque-là, et peut-être que ça irait mieux ensuite ! Tu m'as beaucoup aidée, tu étais tellement mignonne. Vive. Dégourdie.

L'été 2013, nous sommes partis en Corse avec mes parents, un moment de répit tous ensemble. J'y croyais. Les vacances ont été agréables, ton père plus calme. Je me raccrochais à l'espoir de cette future vie pour relancer notre histoire. Enfin, nous avons eu les clés en octobre 2013, tu avais un an et demi.

L'appartement mesurait 72 mètres carrés, il était un peu plus petit que le précédent, mais mieux agencé. Là encore, je me suis occupée de tout, la paperasse, l'installation… Lui ne faisait toujours rien. Et il n'était pas bricoleur pour un sou !

À cette époque, on commençait à parler des charges mentales qui incombent aux femmes. Tout ce à quoi elles doivent penser. Se soucier des enfants, de leur travail, faire les courses, remplir les papiers administratifs, s'assurer qu'il reste de la lessive, tenir les comptes, vérifier les carnets de vaccination, payer l'électricité… La liste est sans fin… Et je peux t'assurer, ma Lila, que ma charge mentale était à son maximum.

En fait, ton père n'a pas changé après le déménagement. Sa paresse était devenue systématique, et les rares fois où il faisait quelque chose, il le faisait mal. Mais la plupart du temps, il restait sur le canapé à me regarder m'activer… Quand je le lui faisais remarquer, il rétorquait que je n'avais qu'à lui demander de l'aide. Ou alors il se mettait en colère : c'était moi qui ne savais pas m'y prendre, c'était moi le problème.

Mais il n'y avait pas que ton père. La douche froide, c'était notre quotidien dans ce coin perdu d'Argenteuil. Pendant des années, j'avais eu la chance d'aller au travail à pied ; et voilà que je me retrouvais dans les bouchons matin et soir. Quand j'ai décidé de prendre les transports en commun, je devais mettre une veste, même aux beaux jours. On me dévisageait dès l'arrêt de bus, tant le quartier était glauque et mal famé. Il n'y avait rien aux alentours, sinon un pauvre parc pour enfants, aucun commerce. Même les gamins étaient livrés à eux-mêmes. Un jour que tu étais sur ton vélo, un garçon de trois ou quatre ans t'a poussée pour te le piquer. Il hurlait et refusait de le rendre.

Deux mois plus tard, dès le mois de décembre, j'ai appelé la notaire pour revendre… Ton père était d'accord ; lui non plus n'aimait pas cet endroit. La notaire m'a avoué que nous n'étions pas les premiers à vouloir fuir.

Nous devions changer d'air. C'était vital. Sinon nous allions craquer. En janvier 2014, nous sommes partis en Égypte. Louxor, la vallée des Rois. Quelle parenthèse merveilleuse ! Était-ce dû aux vacances, mais j'ai retrouvé en ton père l'homme des débuts, attentionné et protecteur. Il s'occupait bien de toi, ma Lila. Nous nous sommes promis de faire des efforts. Nous en étions capables, après tout !

Dès notre retour, hélas, ce fut la catastrophe.

CHAPITRE 21

Le 13 novembre 2015

La veille au soir, le 12, je me sens particulièrement mal. Quelque chose d'indéfinissable. Depuis plus de quinze jours et la disparition de ma fille, je connais une dévastation et un stress permanents. Mais ce sentiment-là est différent. Enroulée dans la couette, chez moi, je lance à ma mère :

« Il y a un truc qui cloche, et ça n'a rien à voir avec Lila. »

Le lendemain, vendredi 13, je vais faire un tour au travail. Je n'y retournerai à temps plein que des mois plus tard, mais j'y passe parfois le matin. Une manière de garder un pied dans le réel et de revoir mes collègues, plus attentionnés que jamais. Ils remarquent ma tête pire que d'habitude. Je leur répète que ça ne va pas. Sans arriver à l'expliquer.

Le soir, nous sommes invitées chez une amie, dans Paris. Je voulais m'obliger à sortir et finalement, j'annule. Toujours cette sensation bizarre. Dans l'appartement de Puteaux, ma mère et moi regardons distraitement le match de football en direct du Stade de France. Soudain, les réseaux sociaux évoquent des drames. Partout. Je zappe sur les chaînes d'info. Peu à peu, l'horreur se répand. Aux abords du stade, dans les rues du Xe et du XIe arrondissement, sur les terrasses du Carillon et du Petit Cambodge, et enfin au Bataclan.

Dès la première seconde, je sais que ce sont eux : l'État islamique. Ou Daech, ainsi qu'on les appelle aussi. Mon ressenti, mon malaise prennent tout leur sens. Ils sont en train de semer la mort dans Paris. Je ne peux pas quitter des yeux le petit écran. J'ai un besoin viscéral d'être connectée avec les victimes, en empathie avec elles, comme si nous avions un dénominateur commun : le mal.

D'un coup, cela me traverse l'esprit qu'Anis pourrait être l'un des terroristes.

Je ne dors pas de la nuit, ni du week-end, ou à peine. La télévision est allumée non-stop. En parallèle, je continue mes explorations sur Internet. Les attentats, le terrorisme, l'islam radical. Mais peut-on vraiment comprendre le mal ?

Ce 13 novembre est un séisme. Avant cette date, malgré les assassinats perpétrés par Mohammed Merah en 2012, malgré l'attaque meurtrière contre *Charlie Hebdo* en janvier de cette même année 2015, la France n'avait pas encore pris conscience de la haine dirigée contre elle. Peut-être croyait-on encore que les terroristes ne destinaient leurs massacres qu'aux juifs, qu'aux forces de l'ordre, qu'aux caricaturistes qui osaient croquer le prophète – mais pas à tout le monde, indistinctement ? Le fait est qu'un homme tel qu'Anis pouvait se rendre en Turquie avec sa petite fille, clandestinement, sans que cela n'alerte particulièrement la justice. Une justice qui, paralysée par le système, s'est refusée à agir pendant presque une semaine. Des autorités qui se sont enfin mises en action grâce à la pression combinée d'un avocat et des médias.

Oui, c'était ainsi, avant le 13 novembre.

Tout simplement parce que cet homme, mon ex-mari, bénéficiait de son droit de garde. Et s'il était parti après le 13 novembre ? Les choses auraient été différentes. Nous avions enfin compris de quels monstres il s'agissait. J'aurais été écoutée dès le premier jour, dès la disparition de ma fille. Surtout, j'aurais peut-être compris ce qu'Anis était en train de devenir et j'aurais été plus vigilante : jamais je n'aurais laissé Lila partir à l'étranger avec lui.

Et si ça s'était joué à quinze jours près ?

J'irai jusqu'à penser qu'il était peut-être au courant des attentats en préparation. Que les gens de Daech lui ont conseillé de filer juste avant. Que c'était le moment ou jamais.

Je n'en ai jamais eu la preuve, bien sûr. Mais je l'ai souvent imaginé.

Dans l'univers où il évoluait, qui sait ce qui a pu se passer ?

CHAPITRE 22

Une année de dégringolade

Nous étions rentrés heureux de nos vacances en Égypte, cette fin janvier 2014. Le dépaysement et la gentillesse retrouvée de ton père m'avaient fait un bien fou. Et il s'était occupé de toi avec affection. Ainsi, l'espoir existait encore ! Si nous déménagions de l'horrible appartement d'Argenteuil, peut-être pourrions-nous redonner de l'allant à notre famille ?

Nous avons repris le travail le lundi 27 janvier. J'étais à la maison, et toi déjà au lit, quand ton père est rentré vers 20 heures. Il a pris sa douche, comme d'habitude, avant de s'installer à côté de moi sur le canapé.

« Faut que je te dise un truc… »

Il avait un ton grave, mais rassurant. Pas stressé. D'une voix calme, il m'a annoncé qu'il venait d'être « mis à pied », sans plus de détails. J'étais blême, je tombais des nues.

« Mais qu'est-ce que t'as fait ? »

Ses explications étaient floues. Décousues. Il a fini par cracher le morceau. Une combine avec les chauffeurs de

VTC : il avantageait en douce ceux qui lui filaient une commission sur leurs courses, au black.

À l'instant, tout s'est écroulé dans ma tête. Ou plutôt, le voile s'est déchiré, brutalement, définitivement. Qui est cet homme ? Comment a-t-il pu se lancer dans une telle escroquerie ? Le pire, ma Lila, c'est qu'il essayait de m'embobiner ; c'était monnaie courante, affirmait-il, et pas si grave ! Ah, sa phrase fétiche… J'ai immédiatement vérifié sur Internet : au contraire, c'était sérieux ! Sa mise à pied à titre « conservatoire » signifiait qu'il n'était plus payé, et que tout cela déboucherait très probablement sur un licenciement pour faute lourde… Je pleurais de rage. Je ne supportais pas qu'il essaie de relativiser, ou pire, de se faire passer pour une victime – il avait même tenté cette manœuvre.

C'était fini. Je ne voulais plus qu'il m'approche. Ce soir-là, nous avons dormi dans le même lit pour la dernière fois de notre vie. Dès le lendemain, il s'est installé dans l'autre chambre.

Tu n'aurais pas été là, ma Lila, j'aurais pris mes cliques et mes claques dans la semaine.

Sauf que je culpabilisais. Je voulais que tu aies un père. Mais quel père… Et quel époux ? Très vite, il m'a accusée. J'étais coupable de ne pas le soutenir ; n'étions-nous pas mariés pour le meilleur et pour le pire ?

Au fil des quinze jours de sa mise à pied, j'ai appris qu'en réalité, c'était lui, le cerveau de l'affaire. Il avait même entraîné deux complices dans sa magouille. Je n'en revenais pas, ma Lila. Pour moi, la malhonnêteté, c'est rédhibitoire. J'avais l'impression d'asphyxier. Ce qui me choquait aussi, c'est le décalage avec les valeurs qu'il prônait depuis qu'il avait repris la pratique de l'islam. L'humilité, la vertu, le partage, la bonté, l'honnêteté… Quelle hypocrisie. Il était tout l'inverse !

Je n'en ai parlé à personne. La sidération, la honte. Mes meilleures amies ne savaient rien, et je n'ai eu le courage de me confier à mes parents que six mois plus tard, durant l'été. Mon désarroi était si grand que j'ai tout de suite cherché de l'aide. Et par hasard, par bonheur, j'ai trouvé une psy, une dame d'un certain âge qui exerçait non loin de l'endroit où nous vivions avant, à Puteaux. À ce moment-là, elle m'a sauvée : elle m'a dit de fuir. Je voulais rester pour toi. Elle m'a convaincue de partir pour toi.

Comment m'organiser ? J'ai mis l'appartement en vente au mois de mai 2014. Ton père était d'accord, il m'a fait savoir qu'il était « sympa » d'accepter.

En attendant, notre cohabitation était un enfer. Je te l'avoue, ma Lila : je ne pouvais plus le voir en peinture.

Sa mise à pied avait directement débouché sur un licenciement. Il a cherché du travail, je l'ai même aidé à refaire son CV. Mais à chaque fois, malgré sa prestance et sa tchatche, les postes lui passaient sous le nez. Au début, il continuait de fanfaronner. Moi, j'étais bien plus lucide. Qui aurait voulu d'un escroc dans l'hôtellerie de luxe ? Il a fini par comprendre qu'il était grillé : c'est un petit milieu où la confiance joue un rôle-clé.

Peu à peu, il a basculé. Il errait dans la maison ou sortait faire un tour à pied : sa sale manie – que je détestais – de conduire trop vite et de griller les feux lui avait valu une contravention salée, sans compter la perte de plusieurs points de permis.

Ce printemps-là, il s'est mis à passer ses soirées à la mosquée, probablement celle d'Argenteuil. Il en revenait tard, vers 23 heures. Sa barbe s'allongeait. Du matin au soir, il portait sa djellaba et sa calotte sur la tête. Cela me mettait hors de moi. Était-ce ainsi qu'il comptait retrouver du boulot ? Il répondait : « Je m'en fiche, de ce que tu dis ! Ce n'est pas toi qui vas me sauver, mais Allah ! »

Nous ne nous parlions plus. L'appartement était devenu un lieu-fantôme où nous nous croisions. Je travaillais et m'occupais de toi, et lui, de sa religion. Quand j'ai suggéré qu'il aille voir un psy, lui aussi, parce qu'il était peut-être en dépression, il s'est mis en colère. Je ne le soutenais pas les yeux fermés ? Alors je n'avais pas voix au chapitre !

Avec toi, ma Lila, il n'a pas trop changé. Il continuait de jouer, de t'emmener à la crèche, d'être affectueux. Tu avais toujours un papa. Un papa de plus en plus barbu. D'ailleurs, il te demandait souvent : « Tu l'aimes bien, hein, la barbe de papa ? »

Il ne parlait jamais de la mosquée et s'énervait si j'osais lui poser des questions. Il est devenu sombre. L'homme lumineux et charmant que j'avais connu s'est évaporé. Tout ce qu'il faisait se référait à la religion. Un changement tellement radical, des propos si absurdes que parfois, je te l'avoue, je me disais qu'il n'était pas sérieux. Ce cauchemar allait prendre fin.

Il avait arrêté le sport. Et comme il mangeait n'importe quoi, avec une prédilection pour les féculents, il avait grossi.

Au début, j'ai cru qu'il était en quête d'une rédemption. Sauf que, au lieu de faire profil bas, il m'agressait verbalement. J'étais celle qui ne pardonnait pas malgré nos vœux de mariage… Comment aurais-je pu ? Un licenciement économique, bien sûr que j'aurais été là ; mais son arnaque, ses mensonges, ses mauvais traitements, non.

Je savais qu'il fallait que je quitte ton père, ma Lila. Pour de vrai. Je lui ai annoncé au mois de mai, un jour de promenade au parc. Tu jouais un peu plus loin, nous nous relevions d'une énième dispute. Je lui ai lancé que ce n'était plus possible. Que je voulais divorcer. Sur le coup, il a fait bonne figure. Il « comprenait », disait-il. Les jours suivants, les reproches se sont accumulés : je partais à la première difficulté ! Ce n'était pas une femme comme moi qu'il lui fallait !

En juin, j'ai vu l'avocat toute seule.

Ton père et moi nous étions mis d'accord pour un divorce à l'amiable. Son escroquerie, je l'avais également cachée à l'avocat. Trop de honte. Ce qui m'importait, c'était que notre lien soit rompu au plus vite.

Pour l'horrible appartement d'Argenteuil, j'ai trouvé une acheteuse pendant l'été. Quelle délivrance.

Ce même été, ton père t'a emmenée chez sa sœur, en Tunisie. Sa mère était aussi avec vous. Je ne sais pas pourquoi, une intuition, mais avant votre départ, je lui avais demandé de ne pas me faire un sale coup.

« Jamais je ne pourrais, m'avait-il répondu, presque vexé. Tu connais ma position sur les mamans ! »

Et en effet, il m'appelait chaque jour, il m'envoyait des photos et des vidéos de toi. Tu nageais comme un petit poisson ! Je l'entendais te dire :

« Explique à maman combien elle te manque ! »

Quant à sa famille, elle me soutenait. Il leur avait avoué l'escroquerie et j'en avais ensuite discuté avec eux. Ils condamnaient sans réserve ses agissements et comprenaient ma colère. Même s'ils ont pu laisser entendre que c'était excessif qu'on se sépare pour ça…

À distance, ton père était souriant, aimable, même si nous n'avions plus qu'un seul sujet de conversation : toi.

Dès son retour en France, sa froideur a réapparu.

Et quelle intolérance de sa part lorsque nous sommes parties continuer nos vacances d'été chez mes parents, toi et moi ! Désormais, sa vision extrémiste de la religion régentait non seulement sa vie entière, mais entendait aussi contrôler la tienne. Tu ne devais manger ni porc ni jambon. Et ton petit rituel d'aller entendre sonner les cloches du village l'ulcérait. Il accusait ta grand-mère de vouloir te « retourner le cerveau ». Cela aussi, il voulait que ça s'arrête. Je ne lui ai pas obéi. Mais je ne t'ai pas demandé non plus de lui mentir. Tu étais libre de lui raconter ce que nous avions fait, quitte à m'attirer ses foudres. Ce qui s'est passé, d'ailleurs.

Je n'en revenais pas de son intégrisme, de son intolérance.

En septembre 2014, j'ai trouvé un nouvel appartement, à Puteaux, celui que tu as connu jusqu'à ta disparition, ma chérie. Enfin, nous respirions.

Sauf que lui était à la rue. C'est ce qu'il m'a dit, du moins. Et il a eu le culot d'entamer un immense chantage affectif : « Tu ne peux pas imposer ça au père de ta fille. Tu dois m'aider. » Il a joué la corde sensible, usé de l'affection qui existait entre vous. Et j'ai cédé, ma Lila, peut-être par facilité, par faiblesse. C'est sûrement incompréhensible au regard de ce qu'il m'avait déjà fait endurer, voire stupide, pour qui n'a pas vécu ce type de relation. Je n'étais pas sous emprise, mais néanmoins emmêlée dans ses filets, dans cette relation toxique qui n'en finissait pas. Je n'aime pas les conflits, alors j'ai abdiqué en pensant que les choses allaient s'arranger. Que la situation était temporaire. Et puis, je ne voulais pas être celle qui vous séparait.

Toi, tu ne saisissais pas grand-chose. Pourquoi, dans notre nouvel appartement, ton père dormait-il sur le canapé ? Je te dirai la vérité sur notre séparation lorsqu'il trouvera un lieu à lui, quelques mois plus tard. Quand il déménagera pour de bon.

En attendant, il continuait d'aller à la mosquée. Celle de Nanterre, cette fois-ci. Toujours aussi assidu. Cela lui avait fait du bien, aussi, de revenir à Puteaux :

il se montrait moins agressif avec moi. Un jour, il m'a dit :

« Je me donne un peu de temps, et si je ne trouve pas de boulot, je repartirai en Tunisie. »

Secrètement, ma Lila, j'espérais qu'il s'en aille. Pour toujours.

CHAPITRE 23

Un automne en enfer

Après les attentats du 13 novembre 2015, je suis une éponge qui ne fait qu'absorber des informations sur cette idéologie macabre. J'ai besoin de comprendre l'incompréhensible. Jusqu'à l'overdose ; j'ai l'impression d'être moi aussi plongée dans les ténèbres. Je suis sans nouvelles de ma fille, puisque le message envoyé par Anis est resté sans suite, mais cernée par la haine djihadiste. Cette folie de la mort s'infiltre dans mon corps et mon esprit.

Moi qui ne suis pas pratiquante, je ressens le besoin d'entrer dans les églises, comme pour éloigner l'emprise du mal. J'aurais pu agiter des gousses d'ail ou accomplir n'importe quel rituel qui m'aurait sortie de ce cauchemar.

Et ramené ma fille.

Tout me fait penser à Lila. Le poteau où elle s'est cogné la tête, l'endroit où elle a trébuché sur le trottoir, la station de bus des Bergères qu'elle reconnaissait à chaque fois, son école…

J'imagine qu'elle vit dans un environnement bien sombre. Que son enfance et son avenir sont gâchés à jamais, elle qui avait tout pour être heureuse.

Je broie du noir dans mes nuits blanches.

Heureusement, ma mère est là. Mes amis sont là, qui passent souvent.

Mes coquetteries du matin, qui ravissaient tant ma fille, sont bien loin. Finis les cheveux tirés en une haute queue-de-cheval, le maquillage léger, l'allure impeccable, assez classique. Désormais, je fuis mon miroir. Et quand je m'y croise par mégarde, c'est une femme livide qui apparaît, aux traits cernés, mangée par les boutons. Je ne me maquille plus. J'enfile le premier vêtement que je trouve – souvent un jogging. Je perds cinq ou six kilos pendant ces semaines d'automne. Ma mère me prépare des plats nourrissants. Des pâtes à la crème fraîche. Je me force.

Novembre puis décembre se déroulent à tâtons.

J'avais déjà entendu parler de Dounia Bouzar. Cette anthropologue, ex-éducatrice, auteur de plusieurs livres sur les jeunes partis en Syrie, passe régulièrement à la télévision. Elle explique comment se déroule le mécanisme d'embrigadement, et se dit experte en « déradicalisation ». Je dois la rencontrer !

Notre rendez-vous se déroule dans la salle de conférences d'un hôtel. Le lieu a été tenu secret jusqu'à la veille. Un garde du corps est là, ainsi que toute son équipe. Ils me posent beaucoup de questions sur notre histoire, sur Anis, sa famille, son enfance, sa personnalité. Ils essaient de cerner sa psychologie. Dounia en tire la conclusion qu'il est encore amoureux de moi.

« Il tient à vous. C'est sa faiblesse, qu'il faudra essayer d'exploiter le moment venu », me dit-elle.

Au cas où je communiquerais avec lui, elle m'indique comment aller dans son sens. Ne pas le braquer. Lui rappeler des souvenirs heureux. Elle me révèle aussi que les nouvelles recrues de Daech suivent trois mois de stage intensif, une sorte de formation expresse à la guerre. C'est normal de ne pas avoir de nouvelles pendant cette période.

Je sors de là plus forte. J'ai appris des choses.

J'entre ensuite en contact avec Meriam Rhaeim. Nos conversations téléphoniques, puisqu'elle habite en province, m'aident énormément. Cette femme extraordinaire s'est battue pour retrouver sa fille Assia, encore plus jeune que Lila quand elle a été enlevée par son père et emmenée en Syrie. Meriam a réussi à nouer un dialogue avec lui pendant des mois, puis à le berner afin de récupérer sa fille près de la frontière turco-syrienne. Ce sont elles, Meriam et Assia, que le gouvernement français a rapatriées en Falcon !

Meriam est d'un grand soutien. Nous restons des heures au téléphone. Elle me raconte comment elle a réussi à amadouer le père de sa fille, comment il faut agir avec ces gens-là. Les caresser dans le sens du poil, montrer qu'on se soucie d'eux, qu'on a peur pour eux…

En somme, dissocier la parole du reste – du cœur, de l'âme, de l'esprit, et même, et surtout, de la colère et de la tristesse. Elle m'explique qu'elle avait envie de vomir lorsqu'elle lui parlait.

Bientôt, je comprendrai ce qu'elle veut dire.

En attendant, j'essaie d'assimiler ces enseignements. Je me retiens d'écrire à Anis sur Skype puisque seules les insultes me viennent. Je tente de m'adoucir. De donner une image de moi qui fasse illusion : inquiète mais calme. Enfin, j'envoie plusieurs messages, qui restent sans réponse.

Ma haine est une boule de feu.

C'est lors de cet automne sans fin que des voyants me contactent. Oui, des voyants. Passer à la télévision attire les personnages les plus étranges, on dirait. Des cartes au pendule, chacun a sa méthode infaillible pour m'aider. J'hésite. Mais même quand on n'y croit pas, on y croit un peu, on s'accroche à des riens, et tout le monde essaie d'en profiter. Certains me demandent de l'argent, l'un me dit qu'elle est en Tunisie, un autre en Turquie, un autre me précise : « Je la vois dans cinq ans, elle va revenir, elle va faire du piano, puis de longues études, vous allez vivre dans le Sud-Ouest. » Si quelques rares personnes ont un don, j'en suis sûre, je ne suis hélas jamais tombée sur l'une d'entre elles.

Ma confusion est totale. J'appelle même une radiesthésiste dont le père travaillait soi-disant avec des policiers. Je demande l'avis de mon contact à l'antirerrorisme. Il me dit d'être prudente. Qu'eux n'utilisent pas ce genre de méthode. Il me conseille de m'en tenir aux faits.

Mais quels faits ? Je crois devenir folle. Je n'arrive plus à faire face au flot continu de fureur, de rancœur, de culpabilité. Physiquement et moralement, c'est la noyade. Ne même pas pouvoir la localiser sur une carte m'anéantit. L'idée du suicide me traverse l'esprit. Sauf que si je disparais, plus personne ne se battra pour Lila.

Sur les conseils d'une amie qui le surnomme « le magicien », je pousse la porte d'un acupuncteur courant novembre. C'est une découverte, qui va me sauver. Cet homme immense, baraqué, très doux, me pose des questions sans jamais porter aucun jugement. Lors d'une des premières séances, il remarque d'emblée mes yeux, vitreux, éteints. Il palpe mon foie, énorme. C'est la colère, me dit-il. Il s'emploie à réguler mes émotions négatives, à alléger l'amertume. Son conseil : aller hurler dans la forêt. Selon lui, les angines à répétition, ce sont les non-dits. Quant au dos bloqué, aux douleurs partout, ils sont le signe du poids immense qui pèse sur mon corps. Une autre séance marque un tournant. Il me pique allègrement, active de nombreux points d'acupuncture ; le lendemain, je suis regonflée à bloc. Méconnaissable.

Je ne sais pas comment je tiens. Les attentats, les voyants, la paranoïa. Mais par-dessus tout, le manque absolu de Lila, constamment. Ses rires, sa voix. Ses câlins, ses « je t'aime ». Nos virées au cinéma. Nos balades au parc. Même nos balades au parc. Aux parents qui en ont marre du parc, j'ai envie de dire : « Profitez-en ! Surtout ne vous plaignez pas. » Un jour, un petit garçon se fait enguirlander par sa mère et j'explose en sanglots, à deux doigts d'intervenir. Je ne supporte plus de voir quelqu'un crier sur un gamin.

Ma souffrance est indissociable de ma mémoire. Alors, pendant quelques semaines, je me souhaite un accident. Être percutée par un camion, une voiture, pour tout effacer. Même Lila. Mais si moi, sa mère, je l'oublie, à travers qui va-t-elle survivre ?

J'avance à tâtons. Sans mode d'emploi. Tout se fait à l'instinct. Et à l'instinct, j'entame un travail de refoulement. C'est peut-être dérangeant à comprendre mais je m'oblige à penser à autre chose dès qu'une image de ma fille surgit. C'est long, c'est douloureux, mais je muscle mon cerveau peu à peu. J'enferme mes souvenirs à double tour dans les confins de ma mémoire. Afin de pouvoir les dompter, et finir par renoncer à perdre la mémoire.

Oui, malgré tout, je tiens.

Jusqu'au 20 décembre.

CHAPITRE 24

Le divorce

Il faisait gris, ce jour-là. Le 6 décembre 2014. Ton père et moi sommes allés au tribunal de Pontoise. Notre divorce a été officiellement prononcé par un juge. C'était rapide, presque sympathique. Nous étions contents tous les deux. Après coup, je me suis demandé si ton père, à force d'habiter chez nous, ne s'était pas fait des idées. Croyait-il possible que nous recommencions notre histoire ?

Car la cohabitation s'étirait en longueur. Le provisoire prenait racine. Toi et moi dans la chambre, lui sur le clic-clac du salon. Mais ses allers et retours à la mosquée me fatiguaient. Il rentrait tard, partait tôt pour la prière du matin, nous réveillait sans cesse. Et puis, il avait beau toucher le chômage, il ne participait en rien à la vie de la maisonnée, les repas, les factures. Pas un centime.

Un jour, il avait eu le culot de se plaindre de dormir sur le clic-clac et la dispute avait tourné au vinaigre. Ne vivait-il pas sur le dos de la société ? lui ai-je lancé ; n'était-il pas temps qu'il rende sa fille un peu fière ?

Il m'a accusée de tenir un discours digne du Front national. Et, parlant de Pôle Emploi, il a ajouté : « C'est des mécréants, j'ai le droit de les arnaquer. »

J'étais abasourdie. Il fallait que ça cesse.

Nous étions début janvier. Juste avant l'attentat de Charlie.

Le 7 janvier 2015, les tueurs faisaient irruption dans les locaux de Charlie Hebdo. *Dans mon entreprise, horrifiés, nous avons passé l'après-midi en boucle sur les chaînes d'information. Quand je suis rentrée chez nous, ma Lila, ton père était là. Les infos, encore. Soudain, il a lancé, d'une voix dure :*

« Ils ont eu ce qu'ils méritent ! Et au fond, ça les arrange, ça va relancer leur journal ! »

J'étais dévastée, sous le choc de tels propos sortant de sa bouche. Toi, tu étais perdue entre son immense froideur et mon immense émotion. Je lui ai dit :

« Tu te rends compte de ce que tu es devenu ? À l'opposé de ce que tu étais !

— C'est ça, le vrai islam !

— Tu veux être comme ces salafistes ?

— Oui, c'est comme ça que je veux être. »

Ça a été la goutte d'eau. Je ne le voulais plus sous notre toit. Les jours qui ont précédé son départ, j'ai fui la discussion. La situation était électrique ; à la moindre anicroche, il m'agressait verbalement.

Oui, j'avais peur, ma chérie.

CHAPITRE 25

Son premier coup de fil

C'est le dernier dimanche avant Noël. Le 20 décembre 2015. Une amie vient nous chercher, ma mère et moi, pour une balade vers Rueil-Malmaison. Nous dénichons un petit troquet dans un coin de verdure, presque à la campagne. Il est 17 heures passées, la nuit est tombée depuis longtemps. Nous buvons un chocolat chaud. Presque tranquilles. Soudain, mon téléphone sonne. Un numéro inconnu. Je décroche et entends : « Magali… »

Je le reconnais tout de suite. Anis. Les larmes montent. Où est ma fille ? Mais je n'ai pas le temps de poser la moindre question, déjà il répète ce qu'il m'avait écrit sur Skype peu après leur disparition.

Ce n'est pas une vengeance. Il faut que je sois patiente. Lila va bien.

Il parle vite car il n'a pas beaucoup de temps, dit-il. Et c'est exceptionnel qu'il puisse m'appeler.

Puis il me passe Lila.

« Maman, c'est toi ? Tu me manques, maman ! »

C'est une vague d'émotions, de larmes, de sanglots qui m'envahit dans ce petit troquet. Je n'arrive pas à articuler un seul mot. Ma mère et ma copine comprennent immédiatement. Quelques secondes de silence et je réponds :

« Moi aussi ma chérie, tu me manques ! »

Lila pleure. Anis reprend le téléphone. Il me dit : « Je vais te recontacter plus tard, d'ici un mois. » Et il raccroche.

J'envoie dans la foulée un texto à mon avocat, qui me conseille d'alerter l'antiterrorisme. Ce que je fais, chamboulée et paniquée. Oui, ils sont en vie, et toujours là-bas ! – voilà ce que je me dis.

Le lendemain, lundi, le policier m'informe que la géolocalisation n'a rien donné. Anis a utilisé une carte téléphonique prépayée, relayée par un opérateur lambda en Thaïlande ou ailleurs. Quelle déception, encore. Je pensais que cette fois-ci, nous aurions plus de chance. N'était-ce pas un vrai appel ?

L'impuissance me saisit ; et Noël qui arrive. Au-delà des cadeaux et des guirlandes, le symbole de la fête familiale me fait ressentir le manque de ma fille plus cruellement encore. Parents et enfants qui font leurs courses, qui décorent leur maison, qui s'émerveillent des illuminations… Ces illuminations que Lila aimait tant ; l'année précédente, nous étions allées admirer les vitrines des grands magasins parisiens. J'ai même une photo d'elle là-bas, au pied d'un immense sapin, d'un immense Père Noël ; qu'elle était heureuse !

Et puis, la seule chose qui me raccroche au réel, c'est l'action… Là, tout est mis entre parenthèses. Les jours s'étirent dans une inconsistance douloureuse. Mon avocat reste joignable, les policiers aussi, mais rien ne se passe. Plus de nouvelles du Bureau de l'Union. Je devine que rien ne surviendra pendant quinze jours.

La tentation est grande de regarder les photos et les vidéos de Lila, de me laisser dériver au gré de la nostalgie. Mais je résiste. Ça ne ferait que rajouter du désespoir à son absence déjà insupportable. Je me contente d'être en boucle sur moi-même, avec ma pauvre mère en spectatrice impuissante.

Le jour de Noël, ma mère suggère de faire dire un mot pour Lila, lors de la messe – ma mère qui chaque soir allume une bougie dans la cuisine pour sa petite-fille. J'accepte car j'ai besoin d'un signe, d'un symbole, qui résonnerait dans un bel endroit de communion, rien que pour elle. Nous allons à l'église de Puteaux en fin de journée afin de rencontrer le prêtre. À entendre notre histoire, il semble touché. La messe débute vers 19 heures dans une église glaciale et bondée. Quand vient le moment des pensées, le prêtre égrène une liste de noms, Lila parmi d'autres. Sans un mot particulier, sans chaleur aucune.

En sortant, je réalise que le chagrin fait s'accrocher à tant de choses qui s'avèrent inutiles. Cette messe sera ma dernière tentative de spiritualité.

Le 25, une amie nous propose de venir dîner chez elle. Nous sommes quelques-uns autour de la table, à évoquer nos vies dramatiques, rocambolesques ou décousues. Cela me fait du bien de réécouter les autres ; mes proches, ceux que j'aime. Après coup, j'ai su que beaucoup d'entre eux n'avaient pas osé se confier à moi depuis deux mois. Une amie m'avait même caché sa rupture sentimentale. Tous persuadés que mon histoire était tellement terrible. Indépassable.

Leur délicatesse me touche, mais je ne suis pas le centre du monde, et je ne veux pas le devenir. Je désire être là pour mes amis.

Il n'y a pas de tristesse négligeable.

CHAPITRE 26

La garde partagée

L'attentat contre Charlie Hebdo *a été un point de non-retour. Les commentaires odieux de ton père m'avaient écœurée et effrayée. Fini, le dépannage sur le canapé-lit.*

À ma grande surprise, il a rapidement trouvé un logement. Comme quoi, lui qui se disait à la rue… C'est l'appartement que tu as connu, ma Lila, dans la Cité Picasso.

Tous les jours, il allait te chercher à la crèche et t'emmenait au parc – il était encore au chômage. Moi, je te récupérais en rentrant du travail. Et un week-end sur deux, il te prenait chez lui. Un arrangement à l'amiable dont nous étions convenus ensemble. De surcroît, toujours désireuse de maintenir le lien entre vous, j'avais accepté qu'il vienne te voir chez moi à sa guise ; et il passait souvent même s'il n'avait plus de clé – il avait voulu garder un double mais j'avais refusé.

Était-ce l'éloignement, relatif, qui l'avait adouci ? Il se laissait parfois aller aux regrets. « C'est de ma faute, j'ai merdé », lâchait-il. Ça n'allait guère plus loin. Il n'a pas tenté de me reconquérir et tant mieux ; cela n'aurait servi à rien. Néanmoins, j'essayais de rester cordiale. Tu comprenais déjà tout, inutile que tu sentes mon allergie envers ton père…

Et j'ai enfin pu te dire la vérité : ta maman et ton papa n'étaient plus amoureux, mais malgré leur séparation, ils t'aimaient toujours. Tu avais bien réagi. C'est vrai que pour toi, ça n'a pas changé grand-chose, au fond. Et nous faisions au mieux, lui et moi. Ses humeurs en yo-yo et son amertume semblaient s'être éloignées. Il se montrait à nouveau serviable, se proposait de faire les courses. Il me disait souvent : « On s'en sort bien, avec la petite ! »

Aujourd'hui, ma chérie, je me demande si sa gentillesse était sincère – ou était-ce une manière de gagner ma confiance pour mieux préparer son funeste projet ?

Je ne le saurai jamais.

Ton père n'évoquait plus du tout sa vie. J'imagine qu'il continuait de fréquenter la mosquée. Physiquement, il n'avait guère changé. La longue barbe, la calotte, les kilos en trop de sa malbouffe, et ce qui était devenu son uniforme – jogging et sweat-shirt. Il avait délaissé sa djellaba, ou peut-être la réservait-il à sa pratique religieuse ?

Les rares fois où il m'a proposé qu'on aille tous les trois au parc, j'ai refusé. Je n'assumais plus qu'on nous voie ensemble, lui et moi, dans « ma » ville de Puteaux. J'avais honte de lui. C'est peut-être dur à comprendre, ma Lila, mais je tiens à être la plus sincère possible avec toi.

À plusieurs reprises, le samedi après-midi, il t'avait emmenée à la mosquée. De quel droit ? Ça n'était pas ta place ! Surtout que là-bas, m'avais-tu confié, « plein de messieurs » s'occupaient de toi. Qui étaient ces gens ? Je me suis mise dans une colère noire, si bien qu'il a cessé de t'y conduire. Il t'avait également appris à dire « bismillah » (« Au nom d'Allah ») avant de manger. C'est un mot que les musulmans emploient souvent, mais je ne voulais pas que tu l'utilises devant moi ; ou plutôt, je ne voulais pas que tu t'y sentes obligée – comme cela devait être le cas avec ton père.

S'il ne parlait plus de sa vie, moi non plus. Je n'avais pas envie de devoir rendre des comptes. J'estimais en faire déjà assez, en lui laissant la possibilité de venir te voir à l'appartement ; d'ailleurs, il ne se privait pas de regarder partout, inquisiteur, comme pour chercher les preuves d'une nouvelle existence que j'aurais eue. Mais que je n'avais pas. Pas dans le sens où il l'imaginait, en tout cas.

Ma nouvelle existence, c'était avec toi, ma chérie ! Ces quelques mois de 2015 ont été les plus heureux qui soient. Notre merveilleuse complicité, nos jeux, nos danses ! Libérée d'un poids immense, j'étais plus gaie, et tu l'étais aussi. Je reprenais goût à la vie après le divorce, enfin.

Hélas, ton père le sentait. « Hélas », car cela semblait l'agacer. Alors, je dissimulais ce bonheur tout simple que je ressentais à nouveau. Lorsque tu étais chez lui, il faisait exprès de m'appeler tard pour de prétendues piqûres de moustique qui te démangeaient. Un samedi, il m'avait téléphoné tôt : tu avais le nez bouché, il estimait que c'était suffisamment grave pour ne pas t'emmener à ta séance d'éveil au sport ; et puis, pouvais-je venir te récupérer illico ? Ce matin-là, je m'en souviens, je faisais des courses à La Défense, la belle affaire !

En mai 2015, il est parti en Turquie pour un week-end. Seul, et pour du tourisme, m'a-t-il dit : les billets d'avion n'étant pas chers, autant en profiter. Istanbul et Sainte-Sophie, l'ancienne basilique devenue mosquée, lui ont tellement plu qu'il m'a lancé, plus tard : « Il faudra qu'on y aille ensemble tous les trois ! »

Aujourd'hui, je suis certaine que sa « révélation » a eu lieu là-bas. Quelque chose s'est joué lors de ce séjour.

À son retour, il m'a appelée.

« J'ai bien réfléchi à ce que tu m'as dit, et tu as raison, Magali. Je ne peux pas rester comme ça. Je vais me couper la barbe, chercher du boulot. »

J'étais heureuse pour lui, et surtout pour toi. Enfin, il réagissait ! Certes, son allocation-chômage prenait bientôt fin, cela devait entrer en ligne de compte, mais il paraissait convaincu. Et il était convainquant. Nous l'avons revu le lendemain de ce coup de fil, ma Lila, la barbe rasée. Il allait se remettre au sport. Reprendre soin de lui.

C'est à son retour de Turquie qu'il m'a parlé de ce voyage avec toi à l'automne. Au cours de l'été, vous deviez déjà partir chez ses parents en Tunisie, et il voulait t'y emmener à nouveau fin octobre, pour les vacances de la Toussaint. Il s'y prenait très tôt – cinq mois avant ! Cela m'a fait légèrement tiquer, mais je savais que c'était dans sa nature. Organiser les voyages, il adorait ; il y passait des heures, à la recherche des meilleurs vols, des hôtels les plus sympas. De surcroît, m'a-t-il assuré, les billets d'avion ne coûtaient presque rien. J'ai dit oui. Je ne pouvais pas refuser, quoi qu'il en soit, puisque c'était « ses » vacances avec toi. Et puis, l'été précédent, en 2014, vous étiez déjà partis ensemble et tout s'était bien passé.

Comment aurais-je pu deviner qu'il était en train de planifier ton enlèvement ? Qu'avec des mois d'avance, il tissait sa toile, peu à peu, en me faisant croire qu'il avait changé ?

Plus tard, quand j'en étais à pleurer ta disparition, j'ai lu que les djihadistes pratiquaient souvent la « taqiyâ ». La dissimulation. Pour mieux tromper les « mécréants », pour les endormir avant de passer à l'acte.

Oui, il m'a bien endormie, ton père.

CHAPITRE 27

Je la revois pour la première fois

Le 22 janvier 2016, un vendredi soir. Nous sommes sur le canapé-lit du salon, ma mère et moi, à dîner devant la télévision. C'est comme si nous habitions un studio, elle et moi : ce salon est devenu le centre de notre nouveau monde, et la chambre, celle que je partageais avec ma fille, un lieu que j'évite – je n'y ai plus jamais dormi depuis la disparition de Lila. Parmi mes nouvelles habitudes, celle de regarder mon ordinateur sans cesse, au cas où. Un geste machinal. Soudain, le profil d'Anis est en vert. Sur Skype. Cela signifie qu'il est connecté. Voilà trois mois qu'il n'a pas été « vert ».

Je suis paniquée. Que faire ? Sur les conseils de Dounia et de Meriam, je lui avais envoyé plusieurs messages les semaines précédentes. Des mots neutres, sans agressivité, d'autres plus longs, implorants, désespérés. Je lui disais qu'il m'avait détruite à jamais. Pouvait-il me donner des nouvelles de ma fille ? Je n'avais eu aucune réponse.

Que faire ? J'écris un nouveau texte, court. Anis est toujours « vert ». Peut-être est-il en train de lire mes autres messages ?

Enfin, il me répond. C'est un tournant, je le sais. Sauf que n'ai pas droit à l'erreur. Je dois faire attention à chaque mot. Je repense à Meriam : être la plus consensuelle possible. Réussir à l'amadouer. Nouer une relation avec lui. Mais notre échange s'interrompt vite.

Le lendemain, samedi, c'est un appel vocal que je reçois. L'échange est bref. Il me promet de me montrer Lila le lendemain, en précisant : « Attention de ne pas la perturber ! » Je ne sais pas comment j'arrive à ne pas hurler. Surtout, ne rien dire qui puisse le contrarier. Je me sens en état de choc, et hyper-lucide à la fois. À partir de ce jour-là, j'enregistrerai chaque conversation. Et communiquerai tout à l'antiterrorisme.

Le lendemain, dimanche 24 janvier, il me contacte en vidéo. Toujours sur Skype.

Enfin, la voilà ! Ma fille, par-delà l'écran.

Lila est voilée. Elle porte un hijab couleur sable qui lui couvre les cheveux mais laisse voir son visage. Elle a un peu grossi, les joues sont plus rondes. Dès cette première fois, je sens son élocution hésitante ; elle qui s'exprimait si bien en français cherche ses mots.

L'image de ma fille voilée est lourde de symbole. Anis connaît pertinemment ma position sur la question ; je désire que Lila devienne une femme libre, épanouie, qui fera ce qu'elle veut de son corps et de sa vie.

Évidemment, si elle choisissait de porter le voile, je le respecterais. Mais que choisit-on à trois ans et demi ? Je la regarde intensément, comme pour mieux distinguer ses traits malgré la mauvaise connexion, et je comprends que ce voile imposé est sa manière à lui, Anis, de me montrer qu'il a gagné, qu'il fait de Lila ce qu'il veut. D'ailleurs, n'est-il pas là, à côté d'elle, à intervenir sans cesse ?

Et moi ? Je m'oblige à sourire à ma fille, à ravaler mes larmes. Je suis un torrent d'émotions, entre ma rage contre Anis et le bonheur de voir enfin Lila. Comment exprimer ce que je ressens, notamment la tristesse et le désarroi face aux changements que je perçois déjà en elle ? Les habits, les mots, une certaine désorientation…

Voilà un extrait de notre premier échange.

Lila : Maman !

Moi : Mon amour, ça va ma chérie ?

Lila : Tu peux venir ?

Anis : Ce n'est pas moi qui lui dit ça, wallah. Allez, parlez librement, je vous écoute !

Lila : Mais pourquoi tu viens pas ?

Moi : Parce que maman est loin pour l'instant, chérie, toi aussi tu es loin.

Lila : Tu es à côté des méchants ?

Moi : Non mon cœur, je suis pas à côté des méchants, je suis à la maison.

Lila : Maman, tu as des larmes ?

Anis : Maman, essaie de te retenir un peu !

Moi : Mais non mon cœur, c'est parce que je suis émue, tu te rappelles ce que ça veut dire, être émue ? C'est parce que je suis heureuse de te voir !

Lila : Tu sais, moi allais dormir, et boom les bombes, y a des gens sont les méchants ! Tu sais, je vais acheter des chips pour Magali.

Moi : Non, c'est maman, pourquoi tu dis Magali ?

Anis : Bientôt, papa te trouvera une petite sœur.

Lila : Mais pourquoi tu viens pas ? Je veux aller avec toi.

Moi : Moi aussi chérie, je veux être avec toi. Mon bébé, écoute-moi, même si je ne suis pas là, je pense à toi tout le temps, d'accord ? Et toi, tu penses à moi ?

Lila : C'est parce qu'on est passés devant la cabane des méchants ?

Anis : Maman va réfléchir, soit les services secrets étrangers vont réfléchir !

Anis conclut cette dernière phrase par un rire sarcastique. Il est accoutré en soldat. Une sorte de veste militaire à poches, un imprimé camouflage, une espèce de fichu sur la tête. Quelle caricature ! En d'autres circonstances, j'aurais ri tant il est ridicule, et fier de surcroît. On dirait un déguisement tout neuf.

Il se montre enthousiaste et volubile. Il répond à chacun de mes arguments par des versets du Coran. Aucune conversation rationnelle n'est possible. Il répète en boucle : la petite va bien, lui est heureux, c'est le paradis !

Voudrait-il s'en convaincre ?

Franchir la frontière a été une promenade de santé, raconte-t-il, car rallier le Shâm, le nom que donnent les islamistes à la Syrie, était leur destin, facilité par Allah ; c'est pour cela que je ne dois pas culpabiliser de n'avoir rien vu venir. Ah, et comme il ne fallait pas s'encombrer, il a abandonné leurs affaires en route. C'est dit sans affect. Les habits de Lila, les jouets de Lila… Quel déchirement de penser que ma fille a ainsi perdu ses derniers repères. Il ajoute qu'à la vue des femmes intégralement dissimulées par les burqas, Lila a lancé qu'elle voulait une maman comme ça. Ma fille, une mère comme ça ?

Il ose parler en son nom. Mais que peut-elle comprendre à tout ce cirque ?

Quand il m'enverra une vidéo d'eux, quelques jours après, leurs sourires sonneront faux. J'aurai l'impression qu'il surjoue une scène de film. Lila sera à nouveau voilée, un voile noir cette fois-ci. Et lui, le sourire malsain, emploiera alternativement les termes de « maman » ou de « Magali » pour me désigner.

Peut-être qu'il veut commencer à semer le trouble dans l'esprit de ma fille ?

Plus tard, lors d'autres connexions, je la trouverai impatiente. Probablement une manière d'exprimer qu'elle n'est pas à l'aise dans ce simulacre de conversation. Pour elle, ce doit être lunaire. Un nouveau pays, des inconnus, une langue qu'elle est forcée d'apprendre. Et moi, disparue de sa vie.

Ces jours-là, il m'appelle souvent. Lila n'est pas toujours avec lui. Mais quand j'aperçois ma fille sur mon ordinateur, puisque je reste cloîtrée chez moi, à guetter ses appels : est-ce du bonheur ? La joie de la voir contrebalance à peine la destruction que cela provoque en moi. Quand reviendra-t-elle ? Quand, et si elle revient.

Je veux crier tout ce que j'ai sur le cœur. Je veux traverser l'écran pour l'embrasser, elle, pour l'étrangler, lui. Mais je fais la gentille. Je suis devant le ravisseur de mon enfant, et obligée de le caresser dans le sens du poil.

Je décide de me battre avec mes armes. Mes maigres armes. Lila est maligne, je le sais. Elle voit tout. Alors je fais exprès de remettre du vernis sur mes ongles, je prends soin de me maquiller. Avec discrétion, pour éviter qu'Anis s'en rende compte. Mais elle le remarquera, j'en suis sûre. Je veux lui montrer qu'au-delà de sa prison, il y a un autre monde. Un monde qu'elle aimait.

J'apprends à ruser. Il le faut.

J'ai l'impression d'être dans un jeu de rôle face au diable en personne.

CHAPITRE 28

Ses derniers mois de mensonges

Tes vacances d'été ont commencé tôt ! De mi-juin à mi-juillet 2015, tu devais aller en Tunisie avec ton père. Pour moi, c'était très long, et tu étais si petite… Mais je n'avais pas le choix. La garde dont nous étions convenus, ton père et moi, l'imposait.

Anis avait décidé de partir deux jours avant ton spectacle de fin d'année, prétextant le début du ramadan. Or tu devais jouer l'un des rôles principaux d'une adaptation enfantine du Lac des Cygnes. *Rater un tel événement te rendait triste, tu le lui avais dit et moi aussi, mais il ne voulait rien entendre. Pire : il avait même lancé : « Il y en aura d'autres ! » Sachant pertinemment que non…*

Ton père pouvait être dur. Au fil des mois, mettant en avant ses convictions religieuses, il avait décidé de ne plus célébrer les fêtes ; Noël bien sûr, mais aussi celles des mères et des pères. Même les anniversaires, et leurs lots de cadeaux, ne lui plaisaient guère. Moi, je continuais comme avant, à ta plus grande joie.

Pour vos vacances, il avait loué une petite maison au bord de la mer, près de Tunis. Sa mère et son frère aîné étaient avec vous. Il m'appelait quasiment tous les jours, en vidéo, et je te voyais heureuse. Là-bas, tu étais une petite princesse choyée par sa famille.

Ton père te donnait beaucoup d'amour et en retour, tu l'adorais. S'il était très impliqué dans ton éducation, il préférait endosser le rôle du parent tendre, joueur et drôle. Les rarissimes fois où il fallait te gronder, édicter des règles, c'est moi qui m'en chargeais.

Tu exprimais beaucoup ton amour pour nous. Et tes câlins étaient à ton image – spontanés, taquins, rieurs. Quand nous essayions d'être discrets lors de nos disputes, tu nous faisais croire que tu n'avais pas compris ; puis tu nous attrapais les mains pour nous rapprocher.

Cet été-là, ton père a voulu rester plus longtemps que prévu en Tunisie. Pouvais-je venir te chercher ? J'ai fait l'aller-retour, mi-juillet. Tu me manquais trop. M'apercevant au loin, tu as couru dans mes bras. Tu étais toute belle dans ta robe jaune, bronzée avec des mèches blondes. Les petits voisins étaient devenus tes copains. Quant au couple de retraités d'à côté, tu me les as présentés comme s'ils étaient de vieux amis ; ils m'ont dit que tu n'avais pas arrêté de parler de moi.

Nous avons continué nos vacances à La Grande-Motte, avec ma mère. Nous habitions dans un studio où j'avais mes habitudes, il appartenait à des amis de mes parents. Il y avait une belle animation dehors ; le marché, la plage. Tu as immédiatement copiné avec une petite fille ; vous jouiez dans l'eau, à la raquette, ou vous lanciez dans d'ambitieux châteaux de sable. Nous avons fini l'été dans la maison de tes grands-parents, en Provence. Le 22 août, pour l'anniversaire de ton père, nous lui avions envoyé une vidéo – nous l'appelions souvent, quand tu étais loin de lui, afin qu'il puisse te voir et t'entendre.

Puis nous sommes revenues à Puteaux. Il fallait se préparer pour ta première rentrée des classes ! L'école maternelle était à deux pas de la maison. Très vite, tu étais si heureuse de t'y rendre que lorsque je venais te récupérer, tu disais parfois : « T'es déjà là, maman ! »

Ton père avait loupé ces jours décisifs. À son retour de Tunisie, nous nous sommes mis d'accord ; il irait te chercher à l'école quasiment tous les jours, vers 17 heures, puis t'emmènerait au parc. Je vous y rejoindrais en sortant de mon travail, puis nous rentrerions toutes les deux.

À son retour, il m'a également annoncé qu'il comptait passer des entretiens à l'occasion d'un Salon de l'hôtellerie, à l'automne. Depuis son voyage en Turquie, quatre mois auparavant, il n'avait jamais plus reparlé de la mosquée. J'ai cru que cela comptait moins, qu'il était occupé à trouver un nouvel emploi. Du moins, c'est l'impression qu'il donnait. Ne m'avait-il pas demandé de lui imprimer son CV ? Et il avait repris le sport dans une salle de

Courbevoie. Un jour, fièrement, il m'a dit qu'il était allé te chercher à l'école en costume-cravate !

J'étais contente pour toi, ma Lila. Tu allais avoir un père « normal ». C'est peut-être choquant d'exprimer les choses ainsi, mais une fois encore, l'allure à laquelle il m'avait habituée me gênait : négligé, en jogging, comme si rien n'avait d'importance. Je redoutais le regard des autres enfants et de leurs parents. Peut-être suis-je trop conformiste ? Mais je savais que c'était important. L'image de tes parents pouvait t'aider, ou constituer un handicap ; qu'on le veuille ou non, c'est ainsi que marche le monde.

Il se montrait conciliant, serviable, souriant. Il faisait profil bas. Avec le recul, je pense qu'il voulait éviter toute source de conflit, sachant ce qu'il préparait.

Mais peu de temps avant votre départ, en ce sinistre mois d'octobre 2015, il a douté. Tu étais fatiguée, était-ce une bonne idée que de t'imposer un voyage ? Je lui ai proposé de t'inscrire au centre de loisirs, à Puteaux. Deux jours après, il s'était décidé : finalement, tu l'accompagnerais. L'une de ses connaissances dans l'hôtellerie lui avait promis un poste. « Ce sera peut-être mes dernières vacances avant longtemps, autant en profiter ! »

Aujourd'hui, je me demande : a-t-il vraiment hésité ?

Et s'il a hésité, était-ce par respect pour moi, et par amour pour toi ?

Ou, plus cyniquement, parce qu'il craignait que tu sois un poids là-bas, dans l'enfer où il comptait t'emmener ?

Les derniers jours, rien n'a changé dans son comportement. Sinon qu'il était moins disponible, en fin de journée, pour aller te chercher. Il ne me donnait pas d'explications.

Que faisait-il ? Finissait-il de préparer sa fuite en Syrie avec toi ?

CHAPITRE 29

Son premier anniversaire là-bas

Le mercredi 3 février 2016, Lila fête ses quatre ans. Mais je doute que son père lui célèbre son anniversaire, où qu'ils soient.

Ce 3 février, je ne fais rien de particulier. Ni le cœur, ni l'envie. Seulement une immense tristesse. Les jours précédents, j'ai fait le décompte dans ma tête. Plus que cinq jours, quatre jours, trois jours…

Ce 3 février de l'année 2016, je suis murée dans le silence. Par pudeur, et puis, comment pourrait-on me consoler ? Mes proches connaissent sa date d'anniversaire et respectent ma peine. Ils m'envoient des mots de soutien. Sur la page Facebook « Revoir Lila », j'écris un long message à ma fille.

Voilà trois mois que Lila est en Syrie. Et moi, je suis soumise au lien obscène, violent, destructeur, que son père m'impose via nos conversations téléphoniques ou vidéo.

À chaque appel, je suis très réservée, lui très expansif. Peu à peu, je sors de ma gangue. Je me force à poser des questions, discrètement. Les policiers me l'ont conseillé. Il faut qu'on en sache plus. Que mange ma fille ? À quoi joue-t-elle ?

J'essaie également de mettre en pratique les conseils de Dounia et Meriam. Les djihadistes, m'ont-elles dit, accordent une grande importance aux rêves et à leur symbolique, surtout concernant les défunts. Alors j'imagine de faux rêves que je raconte à Anis, où je suis avec lui et sa tante décédée, sa tante disant des choses allant dans mon sens... Ce sont autant de coups d'épée dans l'eau. Rien ne marche.

Mais un homme capable d'infliger pareil sort à sa fille, à ses parents, à son ex-femme, comment pourrait-il revenir ? Il y croit dur comme fer. Le califat va gagner ! Il est persuadé que bientôt, la France n'existera plus, que le reste du monde sera sous la coupe de l'islam radical. Et quand j'essaie, avec mille précautions, de suggérer qu'il peut se tromper, ça le met dans une colère folle. J'ai peur qu'il raccroche. Et de ne plus voir Lila.

Nos communications sont hachées. Parfois la ligne est coupée et la connexion interrompue, souvent plusieurs conversations s'enchaînent. Puis le silence, pendant des jours, des semaines. Il me contacte n'importe quand, n'importe où. Peu importe que ce soit le matin, quand je refais des apparitions à mon travail, ou le soir. Moi, évidemment, je ne peux pas le joindre, il est toujours déconnecté sur Skype, je n'ai aucun moyen de l'appeler même en cas d'extrême urgence. Je suis dans l'attente permanente, d'autant qu'il me fait espérer. La prochaine fois, tu verras Lila ! Mais la plupart du temps, il ne me la montre pas. C'est un sadique qui aime jouer de son pouvoir.

Pourquoi m'appelle-t-il si fréquemment, je n'en sais rien. Peut-être qu'il s'ennuie, dans son paradis en toc. Ou alors il a besoin de se vanter. À moins qu'il espère encore que je le rejoigne pour reconstruire une famille ?

À chaque coup de fil, je souhaite un miracle : leur localisation. Malheureusement, les experts de l'antiterrorisme n'arrivent à rien. Car il prend soin d'utiliser des cartes prépayées, ou alors Skype. Or le principe de Skype, c'est le cryptage. Et l'autre principe de Skype, une entreprise qui appartient désormais à Microsoft, c'est le refus de révéler les informations concernant ses utilisateurs. Même s'ils sont djihadistes. Même s'ils ont enlevé une enfant, aussi fou que cela paraisse. On tourne en rond.

Régulièrement, je parle avec mon avocat et avec les policiers de l'antiterrorisme. Ces derniers m'expliquent que le cas d'Anis les laisse perplexes. Il ne correspond pas au profil-type des candidats au djihad. Bien que la caricature du petit délinquant des banlieues ne soit plus aussi vraie, bien que les personnes issues de la classe moyenne diplômée soient plus nombreuses qu'avant à partir, la plupart sont des hommes et femmes bien plus jeunes qu'Anis – il a trente-six ans. Souvent, il s'agit de familles entières. Ou de femmes avec leurs enfants. Beaucoup sont des convertis. Beaucoup auraient été radicalisés par le biais d'Internet. Bref : il est une énigme. Ce qui n'arrange pas les investigations. Ce qui complique encore le cas de Lila.

Surtout qu'ils sont nombreux, là-bas : en 2016, la France détient le record européen du plus grand nombre de ressortissants ayant rejoint l'État islamique en Syrie et en Irak : 680 adultes et 420 mineurs.

Dont ma fille.

CHAPITRE 30

Extraits de dialogues Magali-Anis (janvier-avril 2016)

Anis : Je dois aller vite. C'est bientôt l'heure de la prière. Lila n'est pas avec moi en ce moment. Elle est avec une dame âgée, une Algérienne, qui l'élève. La petite l'appelle *Oummi*, en arabe ça veut dire maman. Elle ne l'appelle pas maman. La dame lui apprend un peu l'arabe.

Magali : Je ne verrai jamais Lila, alors ?

Anis : Si tu te retiens de pleurer, j'essaierai de te la montrer.

Magali : Je ne fais pas exprès de pleurer, mets-toi à ma place.

Anis : Je sais.

Magali : Non, tu ne sais pas.

Anis : Bien sûr que je ne sais pas. Je sais que je ne sais pas.

Magali : Tu ne pourras jamais comprendre ce que je vis.

Anis : Tu peux choisir. Moi, je t'invite à rejoindre ta fille.

Magali : Comment tu veux que je fasse ?

Anis : C'est faisable. Tu auras une vie de mère. À élever ta fille, à apprendre le Coran. Tu as assez vécu. Je te confie ta fille, tu l'élèves, tu l'emmènes à l'école apprendre l'arabe et le Coran. Mais il faut que je me renseigne. Car c'est très paisible la vie ici, donc c'est très demandé. Mieux que Paris. Niveau nature, niveau air pur. Il y a des super parcs.

(…)

Anis : Je ne veux pas que ma fille soit le carburant de l'enfer. J'estime avoir fait le meilleur pour elle. Toi, tu parles de futur. Le vrai futur, c'est l'au-delà. On peut y croire ou pas. Moi j'y crois.

Magali : Tu as scellé l'avenir de ta fille et brisé le mien. Tu renonces à toute ta famille ? Tes parents ? Ta sœur ?

Anis : Je ne renonce pas. S'ils veulent venir, ils viennent. Ici, c'est la vraie vie. Si tu voyais comme on est heureux !

Magali : Mais Anis, Lila, elle ne peut pas voyager ! Elle ne pourra pas découvrir le monde qui l'entoure !

Anis : Inch'Allah, elle découvrira le paradis ! Médite pourquoi je suis venu ici. Garde ton calme. Tu as besoin que je te montre ta fille. Donc tu ne peux pas m'insulter. Je sais que tu es intelligente. Je ferai de mon mieux pour te satisfaire. Je te la montrerai, si ça ne nuit pas à la petite. Si ça ne la fait pas trop repenser à toi…

Magali : Tu veux qu'elle m'oublie ?

Anis : Si tu ne veux pas venir t'occuper d'elle, alors oui, il faut qu'elle t'oublie. Je ne vais pas te mentir, je ne vais pas lui torturer l'esprit. Elle ne pose pas de questions. Elle dit Magali, elle ne dit pas maman.

Magali : Ça vient de toi, Anis !

Anis : Lila m'a demandé si tu es morte au ciel. Je lui ai dit que non. J'ai dit que maman, elle ne veut pas venir te voir.

Magali : Ce n'est pas vrai ! C'est quoi cette vie, Anis ? Cette vie que tu veux pour Lila ?

Anis : Je veux une vie au paradis pour Lila.

Magali : Mais avant, il y a une vie sur terre ! Sinon elle ne serait pas née. Elle a le droit d'avoir une vie.

Anis : Ça ne sert à rien de te parler !

Magali : Ouvre les yeux s'il te plaît, Anis.

(…)

Anis : Ce matin, on est allés jouer au ballon dans le jardin qu'elle aime. Il y a des millions de papillons dans les rues. Elle est épanouie.

Magali : Je n'en doute pas, elle doit être vachement épanouie…

Anis : Tu parles sur un ton moqueur.

Magali : Elle n'a pas sa maman. Tu verras bien le traumatisme quand elle sera adulte.

Anis : Je ne sais pas si je serai vivant quand elle sera adulte. J'assumerai devant Dieu. Mais je ne veux pas qu'elle grandisse dans un pays de mécréants où on autorise les hommes et les femmes à se marier entre eux, à avoir des enfants.

(…)

Anis : La dernière fois, je n'avais pas vu Lila pendant un moment, j'ai fondu en larmes quand je l'ai retrouvée. Je lui ai dit que c'était des larmes de joie. Elle était dans le jardin sur la balançoire quand les Russes ont bombardé l'hôpital. Elle a été courageuse. Moi j'avais peur, elle non. Cinq minutes après les bombardements, on est repartis faire de la balançoire. La nuit, quand les Français ont bombardé, tu entendais l'avion de chasse et le missile partir, mais tu ne savais pas où il allait atterrir.

Magali : Tu trouves que c'est bien de faire vivre ça à Lila ?

Anis : C'est moi qui le fais vivre ou c'est… *(Le son est coupé)*

(…)

Magali : Et s'il t'arrive quelque chose ?

Anis : Wallah, elle serait heureuse. Magali, je connais ma fille.

Magali : Si elle est malade, elle peut être soignée ?

Anis : Tous les services sont gratuits ici. Il y a des médecins français. Elle mange bien, il y a des bons fruits et légumes. Des oranges. Elle n'a pas froid, la maison est chauffée. Qu'Allah te donne la patience, qu'Allah guide ton cœur. J'ai prié pour toi à la dernière prière. Je n'ai pas fait ça par haine. J'ai fait ça pour Allah. Je t'ai toujours aimée. Je ne fais pas ça pour te faire souffrir. Le jour du jugement, tu verras, je n'ai pas fait ça pour rien.

Magali : Tu vis de quoi ?

Anis : J'ai un salaire. La vie n'est pas chère. Ils te payent le logement, c'est mieux que les logements sociaux. Ils te donnent assez pour vivre, pas des mille et des cents. Je ne manque de rien. La petite non plus. J'ai voulu acheter des jouets sympa, mais il n'y a pas de jouets sympa pour elle. Elle a dessiné pour toi, des fleurs.

(...)

Magali : Elle fait quoi la journée ?

Anis : Elle joue avec des enfants, des petites filles plus âgées, et avec les bébés d'une voisine qui lui apprend à compter. Elle va au jardin, avec les balançoires.

Magali : C'est risqué ?

Anis : Ils ne bombardent pas les jardins. Moi, dans quelques jours, je partirai au combat. Quand j'aurais casé Lila, je partirai au combat, Inch'Allah. J'ai déjà trouvé une famille tunisienne avec un bon niveau religieux pour elle.

Magali : Tu es prêt ?

Anis : Inch'Allah. Tout est entre les mains d'Allah. On n'est pas des militaires. Je n'ai pas fait de combats encore.

Magali : Tu te sens d'en faire ?

Anis : Inch'Allah. Allah me donne la force et le courage. C'est en France que j'ai entendu ça : « Mieux vaut vivre pour une cause que vivre pour rien… » Pour l'instant, je reste à Raqqa qui est l'endroit le plus sûr pour moi. Mais si je suis tué et que tu viens chercher la petite, je te préviens, ils ne te laisseront pas repartir avec. L'objectif, c'est qu'elle ne revienne plus jamais en terre des mécréants.

CHAPITRE 31

Remariage à Raqqa

Raqqa.

Je me précipite sur Internet. Une ville fondée il y a plus de deux mille ans… Qui a connu entre le VIIe et le XIIIe siècle, sous le règne des califes musulmans, une période de rayonnement ; la région était prospère, les palais somptueux. La « perle de l'Euphrate », comme on la surnommait, a attiré une mosaïque de populations : Arabes, Kurdes, Turkmènes, Arméniens, Yézidis. Elle s'est développée près d'un lac artificiel si grand, le lac el-Assad, qu'on croirait une mer. Lors d'un échange avec Anis, il dira que c'est « très beau, comme la Corse ».

En 2013, la ville tombe aux mains des rebelles syriens qui combattent le régime de Bachar el-Assad. Mais les factions djihadistes les attaquent et finissent par gagner, en 2014. Raqqa devient alors la capitale de l'État islamique en Syrie.

Je frissonne. Et ma fille est là-bas.

Ma fille. Mais les liens du sang, pour son père, ne signifient plus rien. « Seuls les liens de la religion comptent » : combien de fois le répète-t-il ? En somme, je suis interchangeable.

En mars 2016, cinq mois après leur arrivée en Syrie, j'apprends qu'il s'est remarié. « Je l'ai prise pour s'occuper de la maison et de la petite », précise-t-il en parlant de son épouse. Après la vieille Algérienne, c'est donc une nouvelle femme qui s'occupe de ma fille. Je ne saurai rien d'elle. Il ajoute que c'est un mariage arrangé. Si je le rejoignais, cela ne poserait aucun souci ; n'a-t-il pas droit à quatre femmes ?

Son prosélytisme est aussi constant qu'aveugle – on dirait qu'il a subi un lavage de cerveau. « L'endroit est magnifique et on a une belle maison. Certes il y a des contraintes mais le prix du paradis est cher. » Quelles contraintes ? Il concède du bout des lèvres : les règles imposées par l'État islamique. La burqa. Les normes. Les prières. L'impossibilité de se déplacer ailleurs que dans l'État islamique.

C'est magnifique, répète-t-il. Pourtant, lors d'une connexion vidéo, j'entraperçois une sorte de grand hangar, et des gens entassés dans des couvertures. Je ne sais pas où il est. Il précise qu'il fait très froid. Il a tellement grossi qu'il est méconnaissable. Il porte toujours sa longue barbe, et pas de moustache.

Il m'envoie des images de ma fille dans un parc d'attractions. Je croyais qu'ils n'avaient pas le droit de prendre des photos en extérieur mais je n'en fais pas mention, bien sûr. Que ce soit par stupidité ou fanfaronnerie, il l'a fait, et je me réjouis que cela puisse nous aider dans la localisation – qui, hélas, ne donnera rien. Les images, en revanche, me poursuivent encore. Une sorte de « Disneyland Daech » en carton-pâte. Un lieu censé être festif, et joyeux. Sauf que les gueules d'animaux ont été systématiquement détruites, puisque les islamistes veulent éradiquer les représentations. C'est impur, disent-ils.

Cela me glace.

Je contiens mal ma rage, et mon corps en porte la trace. Les yeux rouges et bouffis, l'ombre de moi-même, blanche comme un cachet. Un geyser de tension qui ne peut jamais exploser. Un cocktail dangereux.

Dès le printemps 2016, ma fille ne m'appelle plus que par mon prénom. « Magali. » C'est tellement violent que j'ai l'impression de recevoir une gifle en pleine figure. Venant d'elle, c'est presque une insulte. Mais je sais que ça vient de lui.

Sauf que sa volonté de me faire oublier d'elle ne marche pas. Je reçois ce mail : « Est-ce que tu peux m'envoyer des photos de toi, Lila te réclame. » Qu'est-ce qu'il croyait ? Qu'un enfant, on le reprogramme d'un claquement de doigts ?

CHAPITRE 32

Ma double vie

Personne ne sait.

Personne n'est au courant que je communique avec lui. Aucun de mes amis, même les plus proches. Personne, excepté ma mère, les policiers de l'antiterrorisme et mon avocat.

Il y a deux raisons à ça. D'abord le secret de l'enquête. À chaque liaison téléphonique ou vidéo, les policiers mènent leurs investigations. Le secret s'impose car il y a trop d'enjeux. Je ne veux pas commettre d'impair et puis, je veux que les policiers aient confiance en moi.

Mais surtout : j'ai honte qu'on sache que je parle à un djihadiste. Et j'ai peur qu'on ait peur de moi. C'est une telle responsabilité que je refuse de mettre mes proches dans la confidence, de leur imposer ce poids.

Sauf que ce n'est pas facile, le mensonge. La double vie, je ne suis pas faite pour ça. Je plonge encore plus dans la solitude. Il m'oblige, comme lui, à faire semblant.

Vers le mois d'avril 2016, je reprends doucement le travail. Mes patrons m'ont proposé un nouveau job au sein de de l'entreprise ; une manière de me changer les idées, de recommencer à zéro. Ils croient en moi quand moi, je n'y crois plus. Et mes collègues m'accueillent à bras ouverts. Cela me fait un bien fou. Même si je me sens sur une autre planète ; au quotidien, les soucis des gens, c'est une voiture en panne, une erreur de livraison… Je mets un moment à me réadapter, je ne veux pas être rabat-joie.

J'apprends à jouer la *Pokerface.* Mon travail/mes conversations secrètes, comme les deux figures d'une même carte à jouer. Se comporter comme si de rien n'était. Dissocier. Je ne craque qu'une seule fois après un appel d'Anis. Enfermée dans un bureau vide, j'ai vu Lila sur l'écran de téléphone. Impossible, ensuite, de revenir à mon poste. Je cours jusqu'au jardin et, sur un banc, j'éclate en sanglots. Deux collègues me rejoignent. Aujourd'hui encore, ils ne savent pas que je venais de raccrocher avec le père de ma fille.

Mes proches se montrent attentionnés, et très respectueux. Moi, je refuse de tenir le rôle de la victime et dédramatise volontiers la situation. Nos relations amicales se remettent en place naturellement, mais presque à l'envers. J'évoque rarement la disparition de Lila, tant pour me préserver de la douleur que pour éviter de mentir à propos des appels d'Anis. Alors, peu à peu, je deviens presque leur confidente. J'ai l'impression d'avoir grandi, d'avoir appris en accéléré toute une palette d'émotions et de traumatismes. De surcroît, je réalise qu'aider les autres m'aide, moi. À un moment, je me pose même la question d'en faire un métier. Mais les formations nécessaires me freinent. Je ne peux pas m'investir autant. Tout ce qui compte, c'est Lila.

Ma mère habite avec moi depuis la disparition de ma fille, présence indispensable et délicate. J'ai conscience de son immense patience, de son dévouement qui durera des mois. Mais l'impuissance nous dévore. « Je ne sers à rien ! » me dit-elle un jour. Oh non, maman ! Sans toi, j'aurais sombré. J'avais besoin de toi sans cesse, comme une nécessité de revenir à l'amour maternel le plus sécurisant qui soit.

Le soir, une fois rentrée à la maison, je m'accroche aux rebords de ma vie pour ne pas tomber plus bas. Pourtant, mon célibat est une bénédiction. Je ne sais pas comment font les couples qui vivent la perte d'un enfant. Parfois, on a envie de parler, parfois, le silence s'impose, ou simplement l'envie de déprimer en paix. Dans mon univers, il n'y a aucune place pour une tierce personne. Mais la solitude n'est pas aisée non plus.

Quand l'angoisse m'empêche de respirer, je suis toute seule à devoir me calmer. Quand les larmes coulent dans le bus à la simple évocation d'un souvenir, je suis toute seule à devoir me calmer. Quand il m'appelle au travail pour me montrer Lila et que je reviens à mon bureau comme si de rien n'était alors que mon cœur vient de se briser une énième fois, je suis toute seule à devoir me calmer.

Je n'éteins jamais mon téléphone, même la nuit. Je me sens constamment en mode « veille ». Je crois vivre dans un polar. Mais j'ai aussi besoin de normalité. D'un quotidien authentique. Je veux garder les pieds sur terre.

Et une fille qui veut garder les pieds sur terre, elle ne raconte pas qu'elle parle en secret avec un djihadiste. Avec l'homme qui lui a volé sa fille. Ce n'est pas la peine d'en rajouter. Mon histoire fait déjà assez peur comme ça.

CHAPITRE 33

Ma fille c'est...
(2e partie)

Le jour de ta première rentrée des classes, en septembre 2015, nous avions fait des photos, à la maison puis à l'école. Tu portais un petit haut blanc avec des pois de couleur, et un pantalon. Ton école, publique, était à trois minutes à pied de la maison. Et la classe très jolie, colorée, avec des dessins accrochés partout, des tables d'enfants, des pots remplis de stylos et de crayons. Vous alliez avoir des écrans tactiles. Je le voyais dans ton regard : tu étais émerveillée.

Tu as vite progressé en coloriage, tu remplissais les figures sans dépasser les lignes. Tu savais déjà lire les lettres de ta boîte de céréales.

Nous rentrions vers 18 h 30 ; je te faisais prendre ton bain en arrivant, puis tu jouais de ton côté pendant que je préparais le dîner. Après, je te revois ramasser les miettes avec ta balayette. Je te couchais vers 20 h 30, ta gourde remplie d'eau près de toi ; tu y tenais. Je te lisais une histoire et on chantait la chanson « Dodo Paulette ». Dans la nuit, tu venais souvent te glisser dans mon lit.

Tu n’arrêtais pas de bouger, et tu prenais une sacrée place ! Aujourd’hui, j’aimerais tant que tu prennes le lit entier…

À la crèche, à la maison, tu posais des questions sur tout. « Pourquoi ci ? Pourquoi ça ? » Sur le Roi Lion *et le « papa parti dans le ciel ». Sur les* Aristochats. *Sur la vie en général. Des questions très simples et, pour moi, des réponses compliquées.*

Tu avais peur des bobos. Les tiens ou ceux des autres. Un jour, je suis tombée dans l’appartement, tu hurlais ; tu étais hyper sensible.

Tu t’arrêtais sentir les fleurs dès qu’on passait devant un fleuriste.

Tu soufflais sur les pissenlits pour les voir s’envoler.

Tu aimais bien jouer toute seule, tranquille. Tu ne faisais pas de scène si je ne pouvais pas m’occuper de toi.

Tu étais fascinée par la tour Eiffel qui scintillait.

Tu avais besoin d’être rassurée. Je te répétais : « Maman sera toujours là. »

Tu te régalais de salade de riz. Et de mozzarella. Tu mangeais d’un bon appétit.

Tu étais si facile à vivre. J’avais l’impression d’être avec un mini-adulte. Je t’expliquais les choses et ensuite tout était simple.

Tu commençais à aimer les accessoires de princesse ; la couronne, la baguette magique, le rose.

Je rêvais que tu fasses du piano. Non parce que je t’y aurais obligée mais parce que cela t’aurait plu.

Et que tu t'inities à un art martial. J'avais pensé t'inscrire au karaté pour tes cinq ans. Savoir se défendre, prendre confiance en soi ; c'est important, surtout pour une femme.

Je tenais à t'ouvrir plein d'horizons. Que tu deviennes une scientifique, une artiste, une littéraire, peu importe… Mais que tu choisisses une voie qui te passionne et non un métier par défaut, par dépit.

Tu étais encore dans ta poussette quand je t'avais emmenée au Louvre. Nous aurions continué à parcourir les musées, les expositions, les théâtres.

Je voulais t'aider à devenir une femme forte, libre et indépendante.

Tu avais une passion pour la musique. Les comptines comme les chansons qui passaient à la radio. Notamment une du groupe Brigitte, « Hier encore », que tu connaissais par cœur. Tu te trémoussais en chantant « Hier encore mon cœur était sans roi ».

Depuis ta disparition, je n'ai jamais pu la réécouter.

Pour tes trois ans, en février 2015, le dernier anniversaire que nous avons passé ensemble, je t'avais offert un ordinateur-jouet. Et d'autres cadeaux. On avait préparé un gâteau au yaourt. Ton père était passé mais puisqu'il n'aimait pas ce genre de célébration, il était arrivé les mains vides.

Ma mère, elle, t'avait acheté un petit peignoir rose, très doux. Il est toujours dans ma salle de bains, pendu au portemanteau, derrière la porte.

C'est le seul objet visible que j'ai de toi.

CHAPITRE 34

Y aller ou pas

« Pourquoi tu viens pas, maman ? » Lila me pose la question souvent, depuis la Syrie, en ces premiers mois de 2016. Son père me dit que je peux les rejoindre ; qu'ainsi, je serai avec ma fille.

Et parfois, les gens qui apprennent ce qui m'est arrivé me demandent : « Pourquoi n'y êtes-vous pas allée ? »

C'est l'une des questions-clé, je le sais bien.

En réalité, il y a deux questions en une.

La première : pourquoi ne pas avoir tenté de récupérer ma fille ?

Et la seconde, qui en découle : si c'était impossible, pourquoi ne pas être allée là-bas quand même, pour être avec mon enfant qui grandissait dans les ténèbres ?

Je vais essayer de répondre le plus sincèrement qui soit.

La première option, la récupérer, s'avère vite irréalisable.

Certes, il y avait le précédent Meriam. La jeune femme qui avait arraché son bébé des griffes de son père, à la frontière syrio-turque, fin 2014. Hélas, l'histoire de Meriam avait servi de leçon aux djihadistes : le jour où j'ai proposé à Anis de les revoir à la frontière, il m'a répondu qu'il n'irait jamais jusque-là, et surtout pas avec Lila.

Au fil de nos conversations, Anis me laisse entendre que l'État islamique est au courant de tout. Affabulation ou réalité ? Je n'en sais rien. Selon lui, Daech dispose d'un important service média qui passe au crible des informations en provenance du monde entier, et je suis repérée depuis mes interviews – impossible de passer inaperçue. En outre, les nouvelles recrues comme lui doivent suivre des règles de sécurité drastiques, dit-il, notamment : interdiction d'utiliser un iPhone, plus aisément traçable ; interdiction de prendre des photos en extérieur car les services de renseignement risquent d'identifier les lieux grâce aux images satellite ; obligation de changer de planque sans cesse pour éviter les localisations. Il a beau faire le fanfaron, il obéit.

De fait, les semaines passent et je n'ai aucun indice. Anis et Lila sont apparemment à Raqqa ou dans la région, c'est en tout cas ce qu'il me dit un jour. Mais encore ? Comment y arriver ? Et une fois là-bas, comment retrouver ma fille parmi des centaines de milliers d'habitants ?

Je me pose ces questions mille fois. J'envisage de me rendre à la frontière entre Turquie et Syrie avec ma mère. Là où ils sont passés. Pour chercher. Pour écumer les camps de réfugiés, au cas où Lila y serait. Mais par où commencer ? On sait que ces camps, immenses, sont sous la coupe d'individus dangereux qui exploitent le malheur des gens comme nous : chantage, menaces, faux espoirs. Quant à l'action du gouvernement français… Si j'avais eu des éléments, j'aurais peut-être pu, avec l'aide des services de renseignement, essayer de tendre un piège à Anis. Mais là ! Cependant, lui semble y croire plus que moi. Ne me lance-t-il pas : « *Qu'ils viennent me chercher, j'ai des grenades partout dans la maison et je nous ferais péter ! Je préfère qu'elle meure ici plutôt qu'elle vive dans un pays de mécréants !* » Sauf qu'hélas, il n'a rien à craindre. Personne n'envoie de Falcon. Ni d'espion. Mon cas, ce n'est pas le *Bureau des Légendes*. C'est la vraie vie, si l'on peut dire.

Reste la seconde solution.

Maman, pourquoi tu viens pas ?

Je ne suis pas sûre de la retrouver là-bas.

Mais je suis sûre, une fois à Raqqa, de tirer un trait sur ma liberté. Et probablement sur ma vie. Les policiers, à qui j'en parle, me répondent : « *On ne peut pas vous l'interdire, mais on vous le déconseille fortement.* » Ils doutent qu'Anis soit sincère quand il me demande de le rejoindre. Peut-être me tend-il un piège. Lila étant devenue médiatique, me récupérer aurait été considéré comme une victoire. J'aurais été utilisée pour leur propagande. Misérable trophée…

Et moi, je suis terrifiée par leur idéologie mortifère, leur fanatisme macabre. Se plier, se soumettre, renoncer. À tout. Lors de nos échanges, les critiques d'Anis sont incessantes : « *Tu as trop de divertissements ! Ici, il faut se concentrer sur une vie sommaire et austère, faite de prières.* »

Début 2016, on commence à savoir ce qu'il se passe à Raqqa. Surtout pour les femmes. Une tyrannie permanente sous couvert de religion intégriste. Et la mort pour celles et ceux qui essaient de s'y soustraire. C'est le règne du néant, de la haine des autres. L'extrême opposé de ce que je suis. Même dans la détresse absolue qui est la mienne, privée de ma fille, je ne peux pas m'y résoudre.

Oui, la vérité, la voilà : je suis incapable de la rejoindre car j'ai peur. Une peur paralysante, étouffante, massive.

Parfois, des gens me lancent : « *Moi, j'y serais allé.* » Quand j'entends ça, je ne réponds rien. Je suis envahie par une sorte d'horrible ricanement intérieur. C'est si facile à dire depuis Paris, depuis la France. Mais s'ils savaient, en réalité, que c'est tout sauf facile ? Que c'est le dilemme d'une vie ?

Ma culpabilité, je la ressens chaque jour. Jusqu'à ma mort, je m'interrogerai : et si j'y étais allée, cela aurait-il changé quelque chose ? Serions-nous finalement mortes toutes les deux ? Ou au contraire, aurait-on réussi à s'enfuir ?

À ce moment-là, début 2016, personne ne revient de Raqqa. Je n'ai aucune perspective. C'est hermétique, irréversible, infernal. Cela me terrifie, oui.

Je sais que c'est très difficile à comprendre.

Mais je suis incapable d'abandonner ce qu'il reste de mon existence en lambeaux.

Je me demande ce qu'il raconte à Lila. Manqué-je d'amour pour la rejoindre ? Suis-je du côté des « méchants » ? Moi-même une méchante ? Ou alors retenue par les *kouffar*, les mécréants, comme il le laisse entendre devant Lila dans nos conversations vidéo ?

Un jour, Anis me dit : « Je pense que tu ne viendras pas, Magali, car tu tiens trop à la vie. » Comment discuter avec quelqu'un qui espère la mort ? Je ne peux pas rivaliser avec son paradis.

« Tu tiens trop à la vie, Magali. »

Jamais je n'aurais cru qu'un jour, un tel reproche me serait fait.

CHAPITRE 35

Comment je sors la tête de l'eau

« Tu tiens trop à la vie, Magali. »

Pourtant, je me vois complètement sombrer, aspirée dans un trou noir, comme en symbiose avec Lila. Je suis à saturation, tel le fantôme de moi-même, sans ressort, ne faisant que subir… Je dois reprendre le contrôle de ma vie. Mais comment ?

Et puis un jour, j'arrive à réfléchir autrement. J'ai trente-cinq ans, je réalise qu'il me reste peut-être le double d'années à vivre. Vais-je les passer ainsi, assise dans mon canapé, l'ordinateur sur les genoux, m'abrutissant sur Internet ou regardant la télévision dans le noir ?

C'est un déclic. Nous sommes en avril 2016. Il faut que je me ressaisisse.

Je me fais violence. Dessin, piscine, cinéma. Envie de rien, mais je m'obstine. Petit à petit, je redresse la tête. Comme si mes actions répétées avaient relancé le moteur. Oui, j'ai mis le starter et ça avance. Un peu.

En mai, je décide de partir avec ma mère pour une semaine en Crète. Il fait chaud, il y a du soleil, un bleu aveuglant, du vert. Nous logeons dans un hôtel anonyme. Je dors, j'écoute de la musique, je lis, je ne pense à rien. Et j'ai l'impression d'ouvrir à nouveau les yeux sur la vie.

Ainsi, je peux voir autre chose que la noirceur, je peux m'en sortir ?

Pendant cette semaine, Anis ne m'appelle pas.

Peu après mon retour à Puteaux, je déménage. Je veux m'approprier un appartement inconnu, pas écrasé de souvenirs ; j'y fais quelques travaux, dont les peintures. Puis, un samedi, une quinzaine d'amis viennent m'aider à porter mes cartons à la chaîne. C'est tendre, presque festif ; mes proches sont heureux que je quitte l'ancien logement, celui qu'a connu Lila.

Les cartons, ma mère les a préparés seule. J'en étais incapable. Mais quand je suis rentrée un soir, elle était en larmes, effondrée.

Je garde toutes les affaires de Lila. Ses habits, ses jouets, ses chaussures, ses livres, et même le liquide pour faire des bulles. Il n'y a que les meubles que je n'emporte pas, sinon la petite table qui lui servait de bureau.

Dans le nouvel appartement, sa trousse de toilette, qu'elle adorait, est rangée dans un placard de la salle de bains, avec ses chouchous et sa brosse à dents, une brosse orange avec un dinosaure vert. Ses cartons dorment dans un débarras que j'ai aménagé exprès. J'espère qu'elle ne m'en voudra pas d'y avoir mis ses affaires ; les voir était un supplice.

Ce déménagement me fait du bien. Je me rends compte que j'ai besoin de danser. C'est un défouloir ; le casque sur les oreilles, sans cesse. Mais qu'il est difficile de reprendre du plaisir à des choses aussi simples. Écouter de la musique. Bouger. J'ai l'impression de l'abandonner encore plus.

Assez vite, la lassitude revient. Danser, et puis quoi ? Je suis un cœur de pierre. J'enterre mon parrain au début de l'été 2016, un homme qui comptait beaucoup pour moi, sans verser une larme. Tellement blindée que je ne ressens plus rien.

Entre-temps, j'ai perdu Lila. Elle est devenue Fatima.

CHAPITRE 36

L'enlèvement

Ton enlèvement a eu lieu bien avant que j'apprenne votre présence en Turquie, le 27 octobre 2015. Il a commencé la semaine précédente, le 19 octobre, dès que tu es partie de chez nous avec ton père, afin de passer, soi-disant, une semaine de vacances dans sa famille, en Tunisie.

J'ai envie, j'ai besoin, de te raconter comment se sont déroulés pour moi ces quelques jours. Mes derniers jours d'insouciance. Je veux que tu saches, ma chérie, les petites choses qui m'ont occupée loin de toi, moi qui te pensais en sécurité, moi qui faisais confiance à ton père. Je veux que tu saches, aussi, à quel point il m'a dupée.

Il m'avait appelée depuis l'aéroport. Sa stratégie de mensonge et de dissimulation était déjà à l'œuvre. La plupart des vols pour Tunis décollent d'Orly et je t'y imaginais sans problème : nous y étions allées ensemble. Or tu devais être à Roissy, d'où partent les vols pour la Turquie… Je t'ai parlé et tu étais heureuse de prendre l'avion. Je t'ai dit d'en profiter, je t'ai répété que je t'aimais. Étiez-vous dans la salle d'embarquement ? Aurais-je pu faire encore quelque chose pour te retenir sur le sol français ? Je n'en saurai jamais rien.

Il m'a envoyé un mail à votre arrivée. Systématiquement, je lui demandais de me prévenir que tout allait bien quand vous voyagiez. Son message était sommaire, mais j'étais rassurée. Rassurée de te savoir à Tunis alors que tu étais... probablement à Istanbul, où vous deviez faire escale avant de rejoindre Iskenderun.

Qu'a-t-il dit pour t'expliquer que tu ne retrouvais pas tes grands-parents ? Que tu étais dans un pays inconnu, avec des gens qui parlaient une autre langue que la tienne, le français, et même que l'arabe, dont tu connaissais les sonorités ? As-tu été perdue, déboussolée ? T'a-t-il dit que j'étais au courant ? Que j'étais d'accord ?

Pendant cette semaine où il t'a enlevée, où il t'a fait franchir la frontière pour rejoindre Raqqa, j'ai mené une vie normale. Paisible. Deux séances de cinéma et un saut à une soirée où les membres de mon entreprise étaient conviés. Je n'y ai bu qu'un jus de fruits car tu ne t'en souviens sûrement pas, mais je ne bois jamais d'alcool, son odeur m'incommode. J'ai dormi un peu plus tard le matin, c'est vrai, même si le silence était presque incongru, tes cris de joie me manquaient. Pour fêter ton retour, je t'avais acheté des petits cadeaux. Des tee-shirts déjà rangés dans ton armoire – les étiquettes sont encore dessus. Et une nouvelle brosse à cheveux. Tes cadeaux t'attendaient sur ton lit, ainsi que la baguette magique que je t'avais offerte l'été précédent. J'imaginais ta surprise quand tu rentrerais !

Oh, que j'ai été menée en bateau par ton père, ma Lila… Les jours suivant votre départ, il m'a envoyé quelques mails, ainsi que des messages via Skype ; tout pour me tranquilliser, en apparence. Pourtant, contrairement à nos habitudes, nous n'avons eu aucun contact vidéo. Ça ne lui ressemblait pas. D'ordinaire, quand vous partiez ensemble, je te voyais tous les jours en vidéo. Ça commençait à me manquer, et j'hésitais entre l'angoisse et la colère. Pourquoi agissait-il comme ça ? Mais une petite voix au fond de moi me disait aussi : « Laisse-les tranquilles, c'est leur semaine, ne sois pas trop casse-pieds… »

Pas une seule seconde l'idée que vous puissiez être ailleurs qu'en Tunisie ne m'a traversé l'esprit.

Le samedi, il s'est excusé, une histoire de portable compliquait les choses, a-t-il dit – c'est vrai qu'il était coutumier de ce genre de problème matériel –, et il m'a envoyé deux photos de toi, dont l'une dans un hôtel.

Je me suis calmée. Son silence s'expliquait par ses pannes de téléphone. Et vous étiez comme prévu à l'hôtel, à Tunis. Certes, il avait été désinvolte. Mais ce n'était pas la première fois, oh non. L'essentiel, c'était que tout allait bien… Il m'a même proposé qu'on discute le lendemain matin, dimanche, sur Skype. Je me languissais de ta petite bouille. Même si ça ne faisait que quelques jours, jamais je n'étais restée si longtemps sans te voir, au moins en vidéo.

Mais le dimanche, il ne s'est pas connecté. Je pestais. Je lui ai envoyé un mail plutôt sec, auquel il m'a répondu sur Skype. Vous étiez partis faire des courses dans la matinée, écrivait-il, et tu t'étais endormie à peine rentrée. Son téléphone était hors service et il avait dû en emprunter un pour envoyer son message. Il ajoutait que ce n'était pas si grave : nous étions bientôt mardi. Le jour où vous deviez arriver à Paris.

C'était vrai. Plus que deux jours à tenir.

J'avais fait des courses, rempli le réfrigérateur. Tu me manquais tant ! L'appartement était vide sans toi, sans tes questions à tout bout de champ. Sans rires, ni saveur ni soleil. Gris comme le ciel.

Je n'ai pas eu de nouvelles de vous lundi – encore son téléphone, me suis-je dit. Je trépignais d'être déjà à mardi. Je savais que vous atterrissiez vers 14 heures.

Je m'étais réveillée en plein forme, ce mardi 27 octobre 2015. Heureuse de te retrouver, ma petite chérie. Je suis partie au travail en comptant les heures.

Jusqu'au coup de fil de ta tante, qui m'annonçait que vous étiez en Turquie. Alors, mon monde s'est effondré.

CHAPITRE 37

Une autre langue

Dès fin janvier 2016, et nos premiers contacts vidéo depuis la Syrie, je perçois le léger accent arabe de Lila lorsqu'elle parle français. Elle est gardée par une vieille dame algérienne, puis par la nouvelle épouse d'Anis – dont je ne saurai jamais rien. Quelque temps plus tard, ma fille trébuche sur son vocabulaire, elle qui s'exprimait si bien. En avril, elle ne m'appelle plus que par mon prénom. Les rares fois où je la verrai encore, voilée, elle semble de plus en plus lointaine. Comme un petit bateau qui s'éloignerait du rivage, emporté par le courant.

Nos connexions vidéo sont filmées en intérieur, et en gros plan. Impossible de reconnaître quoi que ce soit : Anis obéit bien aux instructions de ses chefs. Plus que jamais, il souffle le chaud et le froid. Il promet de me la montrer, puis non. Je suis tributaire de son bon vouloir. Un jour de juin où je le supplie, à nouveau, de voir ma fille, il me laisse ce message sur Skype :

« Je ne t'ai pas répondu car je ne sais plus quoi faire avec la petite. J'ai envie que tu gardes contact avec elle, et en même temps je vois que ça la perturbe. Et puis je ne travaille pas derrière un bureau. Les combats sont à 60 kilomètres, ça s'intensifie, la planète est contre nous ! »

Quand elle commence à buter sur ses mots, au printemps, je le supplie de lui faire donner des cours. Elle vient d'avoir quatre ans, il lui reste deux ans avant l'école – une école qui se résume apparemment à l'apprentissage quasi exclusif du Coran, en arabe. Il me le promet, il va engager une Française. Il ne le fera jamais. J'aurais dû me douter que cette langue de *kouffar* devait, elle aussi, finir par être effacée.

Lila devient l'arme qui lui permet de porter ses coups de poignard. Il alterne le français et l'arabe quand il s'adresse à elle. Puis il se met à l'appeler Fatima. Je suis effondrée. Je lui demande d'arrêter. Ma fille s'appelle Lila ! Il continue. Désormais, il n'utilisera plus que « Fatima ». Sans explication, sans excuse, sans rien.

Au début de l'été 2016, Lila cesse d'employer la langue française : elle me répond en arabe, il traduit. Ce jour-là, je suis au bureau, et je m'effondre en larmes dans les toilettes. Me retenir de hurler pour ne pas rompre le lien ! Mais pour la première fois, je lui dis tout le mal qu'il m'a fait, je lui souhaite le pire. Le lendemain, il me rappelle pour s'excuser : « Cela m'a touché que tu ne puisses plus communiquer avec Lila. Je vais faire un effort. »

Il n'en fera jamais.

Au contraire ; dès lors, je n'ai plus d'échanges directs avec elle. Je la perds pour de bon. Plus de complicité ni d'intimité. Avant, il contrôlait déjà tout, mais je pouvais parler à ma fille et elle me répondait. L'été qui suit son enlèvement, c'est fini. En huit mois, Lila a totalement perdu l'usage de sa langue natale. Elle a besoin d'un « traducteur ».

Les mois se déroulent dans une sorte de brume, épaissie ou éclaircie par ses appels. Ça dépend des jours. Mais à chaque fois que je raccroche, bouleversée, le retour à la réalité est extrêmement difficile. Comme si je devais me téléporter dans une autre dimension.

Je lui demande de rédiger un testament. Qu'il précise bien, au cas où il mourrait, qu'elle ne soit pas mariée de force dès l'âge de quatorze ans. Il me dit : « Oui, oui, je vais m'en occuper. » Je n'ai jamais su s'il l'avait fait.

Parfois, je reste des semaines sans nouvelles. Je continue d'envoyer des mots, de demander comment elle va. Jusqu'au jour où il décide de me recontacter.

Au bout de quelque temps, je ne veux plus l'entendre. Je sature. J'ai l'impression de devenir folle et je ne sais pas ce qui est pire : l'écouter réciter ses fadaises, ou qu'il cesse d'appeler.

Et puis, à partir de fin 2016, il ne rappelle plus. Je ne reçois que des messages écrits, via Skype.

Il me demande de lui transférer l'argent qui reste sur son compte. Deux versements de 1 500 euros chacun. Pour Lila, affirme-t-il. Qu'elle ait un pécule si jamais il venait à disparaître. Mais l'antiterrorisme, avec qui je collabore en toute transparence depuis le début, bloque l'opération. Et ça le rend fou. Il menace de ne plus me montrer Lila. Il a besoin de liquide. Il semble terriblement à cran.

Je pense à Lila, à ce qu'elle est en train d'endurer en cette fin d'année. La coalition internationale a lancé une offensive sur Raqqa pour reprendre la ville à l'État islamique. Les bombardements se succèdent.

J'ai tellement peur pour elle. Ce qu'elle subit et ce qu'elle n'a plus.

Plus de chansons.

Plus de livres.

Plus de dessins animés.

Plus de films.

Plus de petites robes.

Plus de cheveux au vent.

Plus aucune liberté.

Elle n'a désormais qu'une éducation, le Coran.

Une langue unique, l'arabe.

Une seule tenue possible : être couverte des pieds à la tête.

Et de multiples obligations.

Se soumettre.

Réciter des prières toute la journée.

Et à l'avenir : être mariée de force, faire des enfants.

Ma vie s'effiloche dans les échanges qui deviennent rares. Anis s'efface peu à peu. Lors de nos derniers échanges en vidéo, comme pour raviver ce lien qui se dissout, j'ai montré à Lila ses livres préférés, sa couronne en papier qu'elle avait coloriée, son petit cartable rose, je lui ai parlé de la tour Eiffel qui scintille. Ultimes et vaines tentatives, qui ont probablement semé trop de troubles dans son esprit, qui ont provoqué trop de questions adressées à son père – qui ne me la montrera plus jamais.

C'est une deuxième perte, un second choc. Il l'a d'abord enlevée, voilà qu'elle disparaît des écrans.

CHAPITRE 38

Rencontre au bout du monde

Les fêtes de fin d'année sont particulièrement douloureuses. Noël 2016 est le deuxième que je passe sans ma fille. Je broie du noir. Et quand j'essaie d'imaginer l'avenir, c'est le flou absolu. Est-il encore possible de donner un sens à ma vie ?

Je me pose la question : « Où serai-je dans vingt ans ? » Et surtout : si j'arrive jusqu'à cet âge-là, me vois-je avec un enfant ou non ? C'est une révélation. Dans ma tête, la réponse est limpide : je ne veux pas vieillir sans enfant. Mais comment faire un enfant après Lila ? Et surtout, avec quel père ? Il m'est impossible d'aimer à nouveau un homme. Quant à lui faire confiance, n'en parlons même pas.

J'ai besoin d'objectifs pour tenir. Pourquoi ne pas aller en Belgique ou en Espagne pour une insémination ? Pas tout de suite, mais plus tard. Il faut que je sois prête psychologiquement. « Prête », cela signifie être au clair dans ma tête. Hors de question d'avoir un bébé pansement. Lila est irremplaçable.

Pendant ces fêtes de fin d'année, je planifie un voyage en Floride ; c'est aussi une manière de tenir. Aller à Miami est un vieux rêve : l'océan, les couleurs vives des maisons, le style Art déco, les voitures des années 50. Mais je tiens à partir seule. Pour me confronter à moi-même, dans un autre décor. Voir ce que la vie me réservera pendant deux semaines. Affronter le reste du monde sans me sentir protégée, ou limitée, par un groupe d'amis. Faire ce que je veux : c'est un désir profond, dont jamais je n'aurais eu le courage avant. Mais le courage est une notion bien fluctuante. Tout le monde se fait du souci pour moi ; or moi, je n'ai peur de rien. D'ailleurs, Miami est un endroit « safe » pour une femme qui voyage en solo. Et surtout : que peut-il m'arriver de pire ?

Une amie tient cependant à me donner les coordonnées de son ancien prof de tennis qui s'est expatrié là-bas. Un Français. Si jamais ! Il s'appelle J. Nous prenons contact par mail, il me donne quelques bonnes adresses en ville et propose qu'on dîne ensemble quand je serai arrivée.

J'atterris un samedi de mars 2017, en pleine nuit. J'ai réservé dans un hôtel fréquenté par des étudiants, une sorte d'auberge de jeunesse. Nous sommes huit dans la chambrée, que des filles. C'est drôle, inattendu, cosmopolite. À l'aube, déjà debout grâce au jet-lag, j'ai hâte de découvrir la plage alors que la ville est encore assoupie. L'hôtel n'est pas si loin de l'océan, quelques rues à traverser et enfin les vagues, la chaleur qui monte peu à peu, les palmiers qui se balancent au gré de la brise. Un sentiment de bien-être incroyable m'envahit. Des années que je n'ai pas connu ça. Je marche pendant des heures. Tout m'émerveille. Cette ville m'apaise. La vue de l'océan m'apaise. Cela ressemble à une parenthèse enchantée.

Deux jours plus tard, j'ai rendez-vous avec J., le prof de tennis devenu agent immobilier. Il viendra me chercher dans le hall de l'hôtel, précise-t-il. À l'heure dite, je descends l'escalier et aperçois un homme dans le lobby. Brun, chemise blanche, pantalon : l'élégance. Je sais que c'est lui. Quelque chose se passe entre nous, à cet instant précis. Son attitude, sa manière d'être, me mettent en confiance. Est-ce le coup de foudre ?

Oui. Un coup de foudre. Le truc le plus improbable au monde est en train de m'arriver. Lui me dira ensuite qu'il a ressenti la même chose.

Dès les premières minutes, j'apprécie son côté attentionné, mais aussi très assuré. Très masculin. Peut-être a-t-il les épaules suffisamment larges pour supporter ce que je vis ? Jusqu'alors, je n'étais pas prête. Trop de paranoïa, trop de méfiance pour une nouvelle histoire. Y compris dans l'amitié. Quand il m'arrivait de croiser de nouvelles personnes, je cachais l'histoire de Lila. Un drame pareil, ça ne se partage pas comme ça. C'est intime, c'est effrayant. Mais à l'heure où tout le monde se « googlelise », on est vite démasqué. Ce fut mon cas.

Alors, j'ai dissimulé qui j'étais, j'ai même utilisé de faux prénoms ! C'est ridicule, je sais. En définitive, tous ces mensonges ne m'ont menée nulle part. Ils m'ont simplement fait comprendre que mon histoire agirait comme un filtre. Une sorte de test. Celui qui l'accepterait serait capable de m'aimer avec cette immense cicatrice en moi. Telle que je suis.

Ce soir-là, J. m'emmène dîner dans un très bel hôtel. Dès le lobby, qui ouvre sur la piscine puis sur l'océan, le soleil rasant du crépuscule nous accueille. Nous nous installons. Le ciel est orangé, il se reflète dans les immeubles environnants. C'est un moment de grâce.

Nous passons la soirée à discuter. Et je lui raconte Lila. Il réagit bien. Ni peur, ni curiosité malsaine, ni jugement. Il sait rester à bonne distance.

Aujourd'hui encore, j'ai du mal à parler de Lila à des gens que je rencontre. Je ne sais jamais à quel moment le dire, ni comment. Ensuite, plus le temps passe et plus la crainte s'installe. On a l'impression d'avoir raté le coche, qu'il est trop tard.

Avec J., l'histoire s'avère une évidence. Une fois rentrée en France, je sens que son amour, même à distance, me redonne des ailes. Il me porte. Nous restons au téléphone pendant des heures. Malgré le décalage horaire, nous nous parlons sans cesse, très tard ou très tôt, et sans filtre. Je veux qu'il sache tout. Et il multiplie les allers-retours transatlantiques pour qu'on se voie.

Je rencontre sa famille, adorable et bienveillante, ses amis. Et lui les miens. De chaque côté, il y a de la curiosité, un peu d'appréhension aussi. Notre histoire promet d'être singulière. Marquée au fer rouge par mon passé. Nous sentons que tout le monde se demande : cette femme est-elle la bonne ? Cet homme est-il le bon ? Les présentations se déroulent à merveille. Et mes proches me rassurent. Non seulement ils le trouvent formidable, mais c'est un homme droit, nickel. J'avais besoin qu'on me le confirme après ce que j'avais vécu. Après avoir été incapable de déceler les failles d'Anis.

Je n'en reviens pas d'être aimée. Je ne m'en sens pas digne. Pourtant, nous parlons d'avenir. Il envisage le retour de Lila, il se projette avec elle, il veut être celui qui l'élèvera. Ça me bouleverse.

À mesure que notre amour grandit, je développe une peur panique qu'il arrive quelque chose à J., une peur panique de tout perdre. Je deviens hypocondriaque. J'ai des angoisses récurrentes. Un événement joyeux sera forcément suivi d'un drame. Il va forcément se passer quelque chose. Comme si une épée de Damoclès se balançait lentement au-dessus de ma vie.

Malgré ma volonté de ne pas éclabousser J. avec mon chagrin, avec l'absence de nouvelles, avec le manque, avec le silence qui suit les messages que je continue d'envoyer à ma fille, notre couple en souffre. Il y a des incompréhensions. On est toujours seul face à la peine. Sans avoir vécu une épreuve de cet ordre, comment comprendre ce que l'autre traverse, les moments d'accablement qui arrivent sans crier gare, les blessures à jamais inscrites dans la chair ?

J'ai du mal à assumer que je suis amoureuse, à nouveau. Les gens ne vont-ils pas croire que j'abandonne Lila, que je passe à autre chose ? C'est évidemment plus complexe que ça. Le temps fait son œuvre, la vie continue, mais j'aurai toujours le cœur brisé. Et puis, chacun gère la douleur comme il peut.

Avant, comme beaucoup, j'avais tendance à juger. Peut-être aurais-je porté un regard sévère sur la femme que je suis devenue. Qui sait. Sauf qu'à basculer de l'autre côté, là où la mort rôde, les choses s'éclairent différemment. On apprend la nuance, on sait combien sont dérisoires les jugements péremptoires.

CHAPITRE 39

Pestiférée !

En juillet 2017, alors que J. est à Paris, il m'invite à boire un verre dans un bar chic du VIIIe arrondissement. Nous sommes amoureux. Soudain, ce lieu stylé me semble incroyable ; avec ce que j'ai traversé, avec l'histoire de Lila, comment puis-je seulement être ici ? Cela me fait penser à un test que je viens de remplir, le genre de test qu'on trouve dans les magazines féminins. À la question « De quoi êtes-vous le plus fier dans votre vie ? », j'ai répondu : « D'avoir survécu à l'enlèvement de Lila et d'être dans l'état où je suis… »

Et c'est vrai. Je n'en reviens pas. Mon psychologue, qui n'est plus la petite dame de Puteaux mais un homme, adorable et bienveillant, y est pour beaucoup. Il m'a suggéré les séances d'hypnose et de luminothérapie. Depuis quelques mois, j'attends ces rendez-vous avec impatience. La fois précédente, j'ai distingué de nouvelles couleurs lors de la séance. D'après lui, c'est le signe d'une meilleure forme psychique et neuronale.

Oui, je vais un peu mieux. Avec un goût pour la vie plus intense, et la volonté d'aller à l'essentiel. Ce même été, au cinéma, je vois *Dunkerque*, le long-métrage consacré au drame qui s'est joué dans la ville au début de la Seconde Guerre mondiale. J'en ressors ébranlée. Cette histoire agit comme un miroir. La force que l'on peut déployer pour ne pas mourir… Tant qu'on ne l'a pas vécu dans sa chair, impossible d'imaginer l'instinct de survie qui anime un être humain. Ainsi, tout en gardant des cicatrices et des douleurs au plus profond de son être, on peut se relever ?

Je me relève. Timidement. Puis je retourne en Floride à la fin de l'été ; J. y a construit sa vie, il est heureux là-bas. Et moi, je m'y sens bien comme nulle part ailleurs. Ça me fait réfléchir. Et si je tentais l'aventure ? J'en discute avec les responsables de mon entreprise, qui m'accordent une année sabbatique à partir de janvier 2018.

Voilà des mois que je n'ai plus de nouvelles de Lila ni d'Anis. En cet automne 2017, je décide de passer une semaine à Miami afin de régler les derniers détails de mon séjour. Je pars le cœur lourd ; l'éloignement géographique avec ma fille sera plus grand encore, je le ressens dans mes tripes. Mais je dois m'y rendre. Si j'ai une chance d'avancer, c'est maintenant.

À Roissy, j'arrive chargée de bagages et de rêves, malgré tout. Je sais qu'au bout de cette dizaine d'heures de vol, J. m'attendra. Qu'on recommencera bientôt quelque chose. Je fais la queue pour m'enregistrer à l'embarquement. Enfin, c'est mon tour. Je tends mes papiers ; mon billet, mon passeport. Je suis heureuse. Ou plutôt, à ce moment-là, une partie de moi est heureuse.

Derrière son comptoir, l'employé de la compagnie aérienne me regarde d'un drôle d'air. Quelque chose cloche. On me parle. On me dit que je ne peux pas embarquer. Quoi ? J'ai l'impression qu'on m'assène un coup de massue derrière la tête. Mais pourquoi ? Parce que mon ESTA, le visa temporaire délivré par les Américains, indispensable pour poser le pied aux États-Unis, n'est plus valable. Je ne comprends rien. Je m'y suis rendue plusieurs fois ces derniers mois, sans aucun problème. Je sais que je suis en règle. Que se passe-t-il ? Ce doit être une erreur ! Puis-je refaire une demande d'ESTA maintenant, au comptoir ? Non. C'est impossible. Je suis bannie des États-Unis d'Amérique.

Plus tard, je referai le puzzle. Lors d'une de mes arrivées aux USA, quelques mois auparavant, un agent de l'immigration avait remarqué un tampon tunisien sur mon passeport. Quelle ironie : aucun de mes voyages en Tunisie ne m'avait valu de tampon, aucun sauf celui que j'avais effectué pour rendre service à Anis, l'été 2015, l'aller-retour pour chercher Lila. Si j'avais su… Pour cet unique tampon, l'agent américain m'avait mise à l'écart, puis interrogée pendant deux ou trois heures. Pourquoi la Tunisie ? J'avais tout raconté – Anis, Lila, leur disparition en Syrie. Je m'étais dit que mentir aurait été pire ; ils l'auraient su. Peut-être même le savaient-ils déjà. Le policier avait été très sympa. Cela allait-il me causer des problèmes ? Il m'avait assuré que non. Ma franchise jouait pour moi. Tout se passerait bien.

Tu parles.

J'ai l'impression que je vais m'effondrer au milieu de l'aéroport de Roissy. Rattrapée par la folie du père de Lila, salie à jamais par cet homme. Pestiférée. Le serai-je jusqu'à mon dernier soupir ? Je le vis comme un acharnement. Même la liberté de revivre m'est interdite. J'ai l'impression d'être une menace, j'ai l'impression qu'ils me mettent dans le même panier que ces ordures, moi qui, chaque jour depuis deux ans, paye le prix de leur folie.

Dans la foulée, J. prend l'avion pour me rejoindre en France. Que va-t-on faire ? Nos rêves s'écroulent. Une fois de plus, la culpabilité, cette ombre noire dont je pensais m'être éloignée, revient m'engloutir tout entière. Et puis, ai-je envie de crier, J. n'a rien à voir là-dedans ! Néanmoins, il décide de quitter Miami, son métier et son appartement, pour s'installer avec moi à Puteaux. Et il en souffre parfois, du temps gris, de ce retour en France comme un retour en arrière.

Dans l'absolu, je sais que ce n'est pas si grave. Pourtant, je mets du temps à encaisser. L'injustice m'est insupportable : c'était notre projet. Une autre vie pleine de cicatrices, mais une autre vie tout de même. Notre horizon doré sur lequel je dois faire une croix.

CHAPITRE 40

La Syrie ne répond plus

Fin 2016, les contacts avec ton père devenaient très rares. Il m'avait raconté qu'il était pris dans les combats. Qu'il avait échappé à la frappe d'un drone, de justesse. Ses blessures étaient légères. Il écrivait qu'il lui restait peu de temps à vivre, précisant : « Les grandes batailles débutent, les chances de partir aussi. » Il avait évoqué, les mois précédents, de demander sa mutation de Raqqa à Mossoul, mais dans sa bouche, je comprenais que « partir » signifiait « mourir ».

J'étais complètement effrayée.

Comment allais-tu ? Qu'allais-tu devenir, ma chérie, s'il lui arrivait quelque chose ?

Cela faisait des mois qu'il ne m'avait plus montré ton joli visage. Il m'envoyait une photo de temps en temps. Il disait que tu te portais bien. Tu mangeais des noix de cajou au miel, le matin. Et des crêpes maison. Mais pas d'amandes ni de noisettes. « Elle a des goûts de luxe », avait-il ajouté à ton propos. En janvier 2017, il m'avait dit que tu allais finalement à l'école, que tu étais en bonne santé. Je lui ai redemandé qu'on se connecte par vidéo.

Janvier est passé, puis février et mars. Sans nouvelles. Je le relançais sans cesse. Quand pouvais-je te revoir ?

Le 22 mars 2017, son dernier message m'est parvenu : « À bientôt Inch'Allah, je pars là c'est tendu ici. »

Je savais que la guerre faisait rage. Depuis novembre 2016, les Forces démocratiques syriennes, en grande partie composées de combattants kurdes, avaient lancé l'offensive Colère de l'Euphrate, avec l'appui de la coalition internationale – dont les Français, Américains et Anglais. Les Forces sont entrées dans la ville en juin 2017 et l'ont reprise à l'État islamique en octobre. Au cours de ces mois d'affrontements, il y a eu des milliers de morts. Raqqa a été quasiment détruite.

Comment as-tu pu survivre, ma Lila, parmi les bombes, les combats, dans ces rues qui n'étaient plus que ruines ? Les cauchemars me réveillaient chaque nuit.

En juin 2017, je lui ai encore écrit puis les mois suivants ainsi qu'en décembre.

N'ayant plus aucune nouvelles, ni contacts, j'ai fini par en conclure que ton père avait dû mourir. Je n'en aurai jamais la preuve. Ce que j'ai ressenti, ma chérie ? Ni joie ni soulagement, moi qui avais pu lui souhaiter le pire. Mais un sentiment de rage immense.

Il l'avait eue, sa mort en martyr. Sans aucun compte à rendre. Et toi, ma chérie, tu étais probablement seule au milieu des décombres. Orpheline.

Ou avec d'autres gens, une famille qui t'aurait recueillie. Ou bien morte, comme lui. Je n'en savais rien. Une peur permanente me tenaillait.

Où étais-tu, ma chérie ?

CHAPITRE 41

Le temps passe… les souvenirs me hantent

Depuis la disparition de Lila, mon cerveau s'est modifié. Imaginez une vieille bibliothèque, immense, aux rayonnages en bois, avec des échelles partout : c'est mon cerveau. Quitte à avoir des souvenirs si tristes, autant qu'ils soient rangés dans un lieu où l'on sent le poids du passé. Tout est bien archivé. Il a des dossiers pour chaque chose. Le juridique, très facile d'accès : j'ai dû l'ouvrir souvent. Le judiciaire aussi, avec toutes les pochettes éparpillées. Accès en un clignement de cils !

Les choses se compliquent quand cela concerne directement Lila. Les photos, les enregistrements de nos conversations, les vidéos… Tout est conservé dans une sorte de coffre-fort. Lorsque je dois le déverrouiller, je redouble de précautions. Un peu comme un déminage. J'ai peur que ça m'explose au visage. Les souvenirs de ma fille sont des grenades, je ne sais jamais si je vais réussir à les désamorcer ou pas. Regarder une photo ou une vidéo charrie immanquablement son flot de douleur. Aussi, je le fais le moins possible. C'est peut-être égoïste, mais je me préserve. Tout en espérant que les souvenirs ne s'altèrent pas avec le temps. Jusqu'au jour où je serai capable de l'ouvrir un peu plus sereinement, ce coffre-fort. Si ce jour arrive.

En cette année 2017, malgré le début de mon histoire avec J., Lila m'occupe toujours autant l'esprit. L'actualité se charge aussi, constamment, de me replonger dans l'enfer. Un reportage sur la Syrie, ou sur la guerre, ou sur le djihad, quand ce n'est pas une émission sur la radicalisation, une autre sur le sort des femmes là-bas. Si j'en rate une, il y a toujours quelqu'un pour m'en parler. Et je finirai par la visionner, happée par cette fascination morbide mêlée d'envie de savoir ; et si j'apercevais Lila au détour d'une image ?

Un reportage, particulièrement, me bouleverse. Il est consacré aux « Enfants de Daech ». Après l'avoir vu, des pensées morbides m'envahissent ; je préfère que Lila repose en paix plutôt qu'on l'ait transformée en un petit zombie traversé par la haine et la violence, plutôt qu'elle ait elle-même subi des privations et des tortures. Je veux garder d'elle le souvenir d'une enfant heureuse et pleine de vie. Plus tard, je tomberai sur cette analyse cruelle d'un ancien instituteur syrien, qui a fui l'État islamique et la région : « Une génération perdue est en train de naître, avec une minorité de futurs extrémistes et une majorité d'illettrés. » Quand ce n'est pas à la télévision, c'est dans la rue : croiser des femmes ou des petites filles voilées me fait un choc et je sursaute systématiquement, en colère de savoir Lila soumise aux mêmes règles.

Un jour, je tombe sur une maman de l'école et sa petite. Pendant les brèves semaines passées ensemble en classe de maternelle, nos filles étaient devenues les meilleures amies du monde. La maman m'explique que sa fille a eu beaucoup de mal avec la disparition de Lila. Qu'un jour, elle a écrit son prénom sur le mur de sa chambre. Ça m'émeut aux larmes.

Dans ma ville, l'émotion est partout. Chaque jour devient un exercice d'abstraction dans lequel je m'efforce, parfois, d'imaginer que tout cela est arrivé à une autre personne que moi.

Il y a aussi les livres. Ce qui m'attire me fait du mal ; mais ce qui m'attire me permettra, j'en suis sûre, de comprendre ce qui nous est arrivé. Ainsi, je me plonge dans la lecture de *Jamais sans ma fille*, le best-seller des années 80 dont l'histoire ressemble un peu à la nôtre. Un médecin établi aux États-Unis qui retourne en Iran, son pays d'origine, avec sa femme américaine et leur fille. C'est le temps de la révolution islamique et il se radicalise, finissant par refuser que sa femme et sa fille repartent. Pendant dix-mois mois, la mère va échafauder des plans pour fuir avec son enfant. Enfin, après d'incroyables péripéties, elles arrivent à regagner les États-Unis. Leur incroyable destin me redonne un peu d'espoir.

Si l'espoir m'aide, la colère me ronge ; elle est toujours là, comme une tique qui me sucerait le sang. Je relis un livre qui m'a déjà fait du bien, un classique de la « pensée positive » qui s'appelle *Comment dominer le stress et les soucis*. Un chapitre notamment : « Ne jamais essayer de se venger », résonne très fort en moi. Au début, je ne pensais qu'à ça, aux mille façons d'étrangler Anis, de le rouer de coups, de lui rendre au centuple le mal qu'il nous avait fait. J'avais même gardé exprès, y compris dans mon nouvel appartement, une photographie de lui et moi, imprimée sur du tissu : combien de fois l'ai-je poignardé pour me défouler – oui, poignardé pour de vrai, avec un couteau ! À la lecture du livre, je réalise que l'entretien d'une telle rancœur n'a d'impact que sur moi, sur ma santé et mon psychisme. Je suis la seule à trinquer. Lui, il s'en fiche. Et, surtout, cela ne fait pas revenir Lila.

Fin 2017, alors que Raqqa est libérée, alors que la défaite de l'État islamique et le chaos qui s'ensuit jettent des milliers de personnes dans des camps de réfugiés alentour, mon interlocuteur de l'antiterrorisme m'appelle : et si l'on contactait la Croix-Rouge pour lancer des recherches sur Lila ? On ne sait jamais ! Apparemment, un petit garçon vient d'être retrouvé par ce biais.

Pour la première fois, les larmes coulent, un nœud me serre la gorge quand j'essaie de parler, moi qui, jusqu'alors, avais voulu paraître forte devant les autorités. Là, entre l'espoir qui surgit quand je n'y croyais plus, et le fait de l'imaginer, seule ou peut-être mal entourée, dans un camp, ma Lila qui n'a que cinq ans… Je m'effondre.

Et je me remets à regarder les news. Plus que jamais. Les reportages sur les camps de réfugiés me fendent le cœur. C'est si dur que je dois me forcer. Le manque d'hygiène et de nourriture, la promiscuité et les maladies. Je regarde les images, même celles des camps d'hommes. Je me dis que ma fille est peut-être là-dedans, dans cet autre enfer. Très vite, j'arrive à « scanner » les visages. J'élimine les bébés et les garçons, je me focalise sur les petites filles de taille moyenne. Certaines sont voilées, d'autres non, mais on distingue leurs traits. Je scrute. Je vais à l'essentiel.

CHAPITRE 42

Super pouvoirs

Je n'avais guère d'espoir, ma chérie. Te retrouver dans un tel camp aurait tenu du miracle. Je m'y suis brièvement accrochée. Hélas, les recherches de la Croix-Rouge n'ont rien donné. Tu es restée et restes introuvable.

J'ai souvent rêvé qu'on avait un super pouvoir, comme dans la série « Stranger Things ». Ainsi tu aurais pu me parler, me dire où tu te trouvais, ce que tu faisais, comment tu te sentais. Une télépathie rien qu'entre nous deux.

J'avais juste besoin de savoir si tu étais encore en vie. Ne pas avoir de piste, pas la moindre, était une torture supplémentaire. Au début, ne pas arriver à te localiser sur une carte m'avait plongée dans un grand désespoir ; comme si cela rajoutait de l'irréalité au cauchemar. Puis, quand j'ai appris que vous étiez à Raqqa, j'ai pu t'imaginer quelque part. C'était sommaire mais je te créais un cadre, un environnement, je reconstituais ta vie à partir des bribes d'informations que lâchait ton père.

Je savais que je t'avais perdue, mais au moins tu étais vivante ; je devais, en quelque sorte, faire le deuil de mon enfant vivant.

Quand ton père a cessé toute communication, j'ai dû me préparer à faire le deuil de toi, ma Lila, pour de bon. Mais un deuil d'enfant sans corps, qu'y a-t-il de pire ?

Et si tu étais vivante, par miracle, comment irais-tu ?

Cela fait des années que je me demande si je mourrai sans jamais savoir la vérité – ou si un jour j'aurai une réponse.

CHAPITRE 43

Une petite sœur

L'année 2018 marque un nouveau recommencement. Comme le chante Étienne Daho, c'est un peu le premier jour du reste de ma vie.

Une vie à jamais tronquée, mais où je rêve encore à l'espoir, à l'amour.

J. m'a rejointe en France, et nous vivons ensemble.

Au printemps, je tombe enceinte. Nous en avions très envie tous les deux. Je suis heureuse de l'être à nouveau, car en m'enlevant ma fille, Anis m'avait également volé mon rôle de mère. J'avais perdu une partie de mon identité. Être maman va me permettre de revivre ce qui me semblait condamné pour toujours. Mais je sais qu'il faut que je fasse attention : ce bébé n'est pas Lila, et ne le sera jamais. Je ne veux pas d'un enfant pansement.

Pendant neuf mois, le blues me visite souvent. Repenser à toutes les étapes de ma précédente grossesse. Ressentir la douleur de l'absence.

H. naît en décembre 2018. C'est une petite fille. L'accouchement se passe très bien. Je suis zen, sur un petit nuage. Quand H. arrive, je ne vois pas Lila en elle. C'est une autre histoire qui s'écrit. Une nouvelle famille, avec J. et H.

Mon bébé ne ressemble pas du tout à Lila. Aussi blonde aux yeux bleus que Lila est brune aux cheveux bouclés. Même leurs traits diffèrent franchement. J'essaie de ne pas établir de comparaison, de rester discrète pour ne pas que J. le ressente et s'en trouve éventuellement mal à l'aise, mais c'est instinctif : Lila aimait qu'on la berce pour l'aider à s'endormir ; H. c'est tout l'inverse, elle préfère qu'on l'installe dans son lit. Leurs points communs me sautent également aux yeux, comme les otites à répétition.

Au début, j'ai du mal à me projeter avec mon bébé. Suis-je maudite ? J'ai peur qu'il lui arrive quelque chose, un accident, une maladie, peur de la perdre dans les grandes surfaces, qu'on me la vole. Ça va un peu mieux avec le temps. Mais je reste une maman-poule. Une vraie. Si elle est malade, je m'affole vite. Et je ne l'ai jamais laissée à une baby-sitter. Même pas à la famille.

Aujourd'hui, H. a deux ans et je sais que le cap des trois ans, l'âge auquel Lila m'a été enlevée, sera un moment difficile. Souvent, j'imagine l'avenir comme un chasseur qui m'observerait derrière son fusil à lunette, caché dans la forêt, attendant le meilleur moment, le moment le plus calme, celui où je suis la plus relâchée, pour me tirer dessus.

H. va dans la même crèche que Lila. Cela peut sembler bizarre mais c'est inévitable : j'habite toujours le quartier qu'elle a connu. Ainsi le bonheur me rappelle le malheur. Mais le malheur agit aussi comme un rappel constant, aux vertus positives : l'existence est précieuse, les choses peuvent basculer, il faut vivre de manière plus intense, aimer H. de manière plus forte et sereine à la fois.

Il m'arrive de parler de Lila à H., tout doucement. Un murmure. Je pense souvent au jour où je lui raconterai : je me ferai aider par un professionnel pour trouver les bons mots, au moment opportun. Comment lui dire qu'elle a une grande sœur, une grande sœur qui n'est plus là ? Plus tard, c'est peut-être avec H. que j'aurai le courage de rouvrir les cartons de Lila. Les cartons de sa grande sœur.

Cela me trouble d'écrire ça : « Sa grande sœur. »

Je compte tout raconter à H. Pour que notre histoire, par-delà le traumatisme, lui permette de comprendre qu'avec beaucoup de chance, énormément d'amour et une obstination incroyable, on peut se relever. Et continuer. Et renaître.

Parce que la vie est précieuse.

CHAPITRE 44

Écrire un livre

Au début de l'été 2019, je décide d'écrire l'histoire de Lila.

C'est un devoir de mémoire. Que sa petite existence n'ait pas été vaine. Que sa joie de vivre, sa drôlerie, sa soif d'apprendre, soient pour toujours racontées dans un livre. C'est vital, de laisser une trace quand il n'y en a plus aucune.

Et puis, qui sait, si par bonheur la mort l'a épargnée, elle tombait dessus ? Elle saurait tout de ses petites manies, de ses grandes questions. Tout de l'histoire entre son père et moi. Tout de ma naïveté. De ma volonté tellement candide de respecter le lien qu'il y avait entre eux, père et fille. Tout de ma culpabilité, infinie. J'aurais donné n'importe quoi pour qu'il m'arrive quelque chose, plutôt que de savoir Lila ainsi projetée à trois ans dans le chaos du monde.

J'espère que ce livre va me permettre d'alléger mon cœur, et qu'il va me permettre d'envoyer tant d'amour à ma fille qu'un jour, où qu'elle soit, elle puisse en connaître la puissance.

Je désire aussi raconter le sort qui est le mien. Nous sommes des centaines en France, comme Meriam et moi, à avoir souffert dans notre chair d'un proche parti faire le djihad. D'un conjoint ayant brisé une famille à jamais. Et pourtant, malgré l'horreur de ce que nous avons vécu, malgré nos combats pour récupérer nos enfants, nous ne sommes jamais considérées comme de « vraies » victimes du terrorisme. Car nous avons vécu un terrorisme sourd, en huis clos, sans blessure visible, sans mutilation. Mais sa gravité est la même. Il détruit tout autant. Et il s'étire dans le temps. Le temps passé à subir le bon vouloir de ces tortionnaires. Pour quoi, au bout ? Rien, si ce n'est une infinie douleur.

Aujourd'hui encore, alors qu'Anis est certainement mort, la moindre démarche officielle, même la plus banale, me rappelle qu'il a fait partie de ma vie, comme une cicatrice monstrueuse. Quelle malédiction d'être ramenée sans cesse à son bourreau, d'être parfois salie et décrédibilisée, moi qui ai condamné et condamne plus que jamais ses agissements et ses « convictions » de toutes mes forces !

À l'automne 2019, quand je me décide enfin à commencer ce livre, replonger dans mes souvenirs est une épreuve. Sans compter que je hais ce moment de l'année, je hais les automnes et ce mois d'octobre maudit depuis qu'elle n'est plus là.

Un mercredi après-midi de ciel gris, seule à la maison, je me mets au lit, sous la couette, mes écouteurs sur les oreilles. Pour la première fois, j'ai la force de faire ce que j'avais évité depuis des années : réécouter nos conversations, tout ce que j'avais enregistré des appels d'Anis depuis la Syrie. Avec les phrases de ma fille, qui se font de plus en plus rares au fil du temps.

Cela me prend des heures. C'est terrible à dire mais la voix de Lila, je l'avais oubliée. Son adorable petite voix. Quant à moi, je me trouve tellement idiote ! J'avais des milliers de choses à demander à Lila mais rien ne sortait, muselée que j'étais par son père qui ne voulait surtout pas de mes larmes.

Sur le moment, je n'avais pas réalisé non plus avec quelle insistance il m'a demandé de les rejoindre. Était-ce de la propagande, ou une réelle volonté de sa part ? Et pourquoi ? Rêvait-il de reformer notre famille ? Selon lui, il désobéissait aux ordres en continuant de m'appeler. Était-ce une stratégie, là encore ?

Mais à quoi bon essayer de comprendre... De donner un sens à ce qui n'en a pas. Au fond, nos conversations tournaient en rond. Il ne faisait que citer le Coran, convaincu qu'en m'enlevant Lila, loin de la précipiter en enfer, il l'en avait préservée.

Je sors de ces heures d'écoute exténuée. Le réentendre a réveillé un mort. J'ai l'impression qu'il va sonner à la porte. J'ai surtout l'impression de revoir mon agresseur.

Je prends enfin conscience de ce qu'il a représenté pour ma fille. Et pour moi.

Anis est un agresseur.

Il est plus que cela encore : un criminel, un hypocrite, un psychopathe, un monstre, un menteur… Mais réaliser qu'il a été notre agresseur me libère de quelque chose. Peu après, je me documenterai sur la victimologie et le stress post-traumatique, et cela m'aidera à comprendre beaucoup de choses. Notamment sur la dissociation, ce sentiment d'être étrangère à sa propre vie. Et sur la manipulation. Et sur la culpabilité.

Le 27 octobre 2019, un dimanche, alors que je suis en train de rassembler d'autres souvenirs pour ce livre, je me réveille avec un mal-être colossal. Comme chaque 27 octobre, le jour où j'ai appris la disparition de Lila, je sais que je vais entamer le compte à rebours d'un triste anniversaire. Plus que 4, 3, 2 et 1 heure avant que ma vie ne bascule.

Ce 27 octobre 2019, il fait particulièrement gris. Je me lève de bonne heure, j'allume la télévision et là, dans le bandeau d'actualités qui défile en bas de l'écran, un flash clignote. Abou Bakr al-Baghdadi est mort. Le chef de l'État islamique. Les larmes me submergent. « Tout ça pour ça » : voilà la première pensée qui me vient. Ma fille a été broyée dans la guerre menée par cet homme. Cet homme tué quatre ans jour pour jour après que j'ai perdu ma fille… L'existence de ce sanguinaire a été une parenthèse, enfin refermée à l'échelle du monde. Mais sa folie a signé le début du cauchemar à l'échelle de nos existences, et sa mort ne clôt rien du tout. Notre cauchemar reste sans issue.

L'amertume m'envahit. Tout ça pour ça. Comme quand, à l'issue d'un conflit, on apprend qu'un être cher est mort quelques minutes avant la fin des hostilités.

ÉPILOGUE

À Lila

Je suis certaine que je te reconnaîtrais, ma Lila. Si demain tu apparaissais devant moi, je saurais que c'est toi. Tu aurais gardé le même regard, la même figure. Et les reflets auburn de tes cheveux. Et ce grain de beauté sur la paupière droite, en dessous du sourcil, vers l'extérieur de l'œil. Et au creux du cou, une petite marque laissée par la varicelle que tu avais eue tôt, lors de ta première année de crèche.

L'année 2020, ton anniversaire a été particulièrement douloureux. Désormais, le nombre d'années passées sans toi est plus important que le temps où je t'ai connue.

Je travaille toujours au même endroit. Heureusement. Avec mes chers collègues. Sans eux, sans mes amis ni ma famille, je n'aurais pas pu traverser tout cela.

Les gens me demandent parfois, quand ils voient H., « Et vous avez d'autres enfants ? » Je ne sais jamais comment répondre. Tout dépend de mon état d'esprit, et si j'ai la force d'aborder le sujet, et si la personne me paraît digne de confiance… Pour moi, c'est une mise à nu et un casse-tête. Je redoute de voir l'effroi et la pitié sur les visages. Et à force, je m'emmêle les pinceaux, je ne sais plus ce que j'ai dit, et à qui.

Ma Lila, c'est vrai qu'il m'arrive de mentir, de répondre que je n'ai qu'un seul enfant et alors, je culpabilise de t'omettre de ma vie. En réalité, je m'octroie un peu de tranquillité, quelques instants de droit à l'oubli.

Le pire moment est survenu le jour de mon mariage avec J. La coiffeuse était adorable, et remarquant que j'étais enceinte, elle a voulu savoir si c'était mon premier. Sans réfléchir, j'ai répondu que non. Ses questions, ensuite, ont été comme autant de piques dans le cœur. « Oh, elle doit être heureuse pour sa maman ! Elle a quel âge ? Elle est habillée comment ? Elle est sûrement impatiente ! » J'ai dû faire bonne figure alors que les sanglots restaient bloqués dans ma gorge.

Oh oui, j'aurais tant aimé que tu sois là, ma Lila, afin de t'offrir un avenir tous ensemble, avec un nouveau père, un vrai, avec une petite sœur que tu aurais adorée.

Le chagrin de toi revient sans cesse, et souvent quand je ne m'y attends guère. Un jour d'été, en vacances avec J. et des amis, je donnais le goûter à H. quand les premières notes d'un tube de Jean-Jacques Goldman ont retenti. J'adore Goldman, notamment cette chanson, « Comme toi », je regardais H. et soudain chaque parole faisait écho à notre histoire. Je songeais à tout ce que H. allait faire comme toi, tout ce que nous allions rater de toi parce que « d'autres gens en avaient décidé autrement ». J'ai fondu en larmes et J. s'est tourné vers moi, aussi interloqué qu'inquiet.

J. est très compréhensif, mais ce n'est pas toujours facile pour lui. Ni pour moi. Lorsqu'un sujet sur la Syrie ou Daech est diffusé au journal, par exemple, il me guette du coin de l'œil. Il vérifie si ça va. Parfois, je mens et ça ne va pas du tout. Mais j'essaie de faire face de mon côté, seule. Je ne veux pas qu'on soit dans la même douleur.

Suis-je heureuse ? C'est une phrase que je ne peux pas prononcer. Impossible. Simplement, j'ai eu la chance de pouvoir reconstruire quelque chose. D'avoir un mari, une petite fille. De vivre encore. Mais les bases sont toujours fragiles.

Plusieurs fois par an, j'ai des nouvelles de mon avocat, et des autorités. Ils n'ont jamais abandonné notre dossier. Tu es toujours inscrite dans les fichiers de recherche. Même si tu restes introuvable. Même s'il n'existe pas de structure internationale qui coordonne les cas comme le nôtre. Malgré tout, je sais que les policiers de l'antiterrorisme, ainsi que la juge d'instruction, sont tenaces et très impliqués ; au fil des derniers progrès scientifiques, ils tentent à intervalles réguliers de nouvelles démarches.

Tu vois, ma Lila, on continue d'enquêter, de faire circuler ta photo, y compris en Syrie. Personne ne t'oublie, ma chérie.

J'aimerais aller là-bas un jour. Voir où tu as vécu. Comme un pèlerinage. Le jardin avec la balançoire a dû être détruit, mais les papillons que tu aimais tant sont peut-être revenus.

Depuis ta disparition, ma Lila, j'ai changé. Je sais aller à l'essentiel. Me libérer du superflu, des soucis qui n'en sont pas. Être plus dense et plus légère en même temps.

La survie, c'est plier le dos sans se briser. C'est s'adapter à une existence volée, imposée, détestée. C'est apprendre en accéléré le lâcher prise. C'est une épreuve de patience en attendant des jours meilleurs, car il y en aura forcément. Il faut tenir jusque-là.

Je sais qu'en écrivant cela, je ne suis pas « politiquement correcte ». Parfois, je me demande : faire une croix sur le futur aurait-il prouvé plus fortement ma douleur et mon chagrin aux yeux d'autrui ? Sauf que personne ne sait quand je pleure, ni quelle est l'étendue de ma peine. La douleur nous renvoie à ce qu'on a au plus profond de nous. Chacun la gère à sa manière, il n'y a pas de bonne ou de mauvaise façon.

Mais peu m'importe l'avis des autres. Le mien est déjà suffisamment sévère. Ma culpabilité à jamais immense. D'avoir autant manqué de discernement. D'avoir rencontré le diable. « L'enfer est vide et tous les démons sont ici » ; c'est une citation de Shakespeare, dans « La Tempête ». Je la trouve tellement juste.

Et toi, ma chérie, es-tu encore parmi les démons ?

Je continue de rêver, parfois, que nous passerons les fêtes de Noël ensemble, avec plein de cadeaux. Que je serai là pour ta remise de diplôme, que je pourrai te payer ton permis de conduire même si t'imaginer au volant m'angoisserait au plus haut point. Que lorsque tu rencontreras la bonne personne, je l'aimerai autant que toi.

Je continue de rêver que plus tard, quand tu seras grande, tu m'appelleras pour me raconter ta journée et me demander mon avis sur tout et rien. Et moi, je serai tellement heureuse que l'avis de ta maman compte encore.

Je sais que j'aurais été très fière de toi, je l'étais déjà.

Je sais que tu deviendras une femme magnifique.

REMERCIEMENTS

Ma Lila, j'aimerais tellement que tu puisses rencontrer un jour toutes ces personnes qui m'ont aidée à me relever, qui ont œuvré pour que je reste debout et continuent à te chercher.

J'ai écrit les mots qui suivent des dizaines de fois dans ma tête. Je m'y accrochais quand les souvenirs, douloureux mais nécessaires à la naissance de ce livre, étaient si difficiles à revivre.

Dans mon malheur, j'ai eu la chance d'être entourée de personnes formidables. C'est ce qui m'a donné la force de me battre. J'ai connu le pire par la faute d'un seul individu. Mais tant d'autres m'ont redonné foi en l'être humain, et l'avenir.

Je tiens avant tout à rendre hommage à trois femmes admirables sans qui cet ouvrage n'existerait pas. Merci pour leur accompagnement, qui va bien au-delà de la réalisation du livre lui-même.

Merci à Juliette Joste ; merci d'avoir accepté très vite ce projet et de t'y être lancée avec autant de conviction. Merci pour tes remarques judicieuses, ta bienveillance, ta délicatesse, ta qualité d'écoute exceptionnelle. Ce fut un vrai plaisir de travailler avec toi.

Merci à la Maison Grasset pour sa confiance et à toute l'équipe ayant travaillé sur le projet.

Merci à Françoise-Marie Santucci ; merci d'avoir accepté de t'engager dans cette aventure singulière. Merci pour ton incroyable capacité d'empathie, ta disponibilité, ta finesse, tes mots. Et surtout, pour t'être plongée dans mon histoire avec autant d'intensité et de sensibilité.

Merci à Émilie Blachère, que j'ai rencontrée très rapidement après l'enlèvement de Lila. Merci pour ton soutien, tes recherches menées en parallèle pour retrouver ma fille, ton engagement à mes côtés depuis le début, pour ta gentillesse, et le temps que tu nous as consacré.

D'un point de vue plus personnel, je voudrais remercier les personnes suivantes, sans qui je ne serais probablement plus là.

En premier lieu mes parents, que j'aime profondément et qui me gratifient en retour d'un amour et d'un soutien inconditionnels. Je mesure chaque jour l'ampleur de leur sacrifice pour moi. Papa, maman, merci de m'avoir transmis l'essentiel, qui me permet de traverser chaque jour cette épreuve.

Merci à tous les membres de ma famille pour leur soutien, ainsi que tous les amis de mes parents qui se sont mobilisés autour d'eux pour les aider à tenir.

Merci à mes proches, mes amis, mes anges gardiens, ils se reconnaîtront. Ils ne m'ont pas lâchée, se sont relayés autour de moi, ont œuvré pour m'apporter l'aide nécessaire… Je sais ce qu'est la force de l'amitié grâce à vous, et à quel point elle est précieuse. Sachez que je vous aime très fort, que je sais ce que je vous dois.

Merci également à tous ceux dont j'ai croisé le chemin, aux inconnus qui m'ont témoigné leur sympathie : vous n'imaginez pas à quel point vous m'avez aidée.

Je voudrais remercier ma famille de cœur : les membres et ex-membres de la société dans laquelle je travaille encore. Je ne peux pas tous les nommer, mais ils sauront se reconnaître. Ces collègues et responsables hiérarchiques, amis pour la plupart, ont déployé pour moi un véritable plan de sauvetage, de solidarité, de générosité. Merci d'avoir maintenu intact ce dernier pilier de ma vie, le travail, puis de m'avoir fait confiance à nouveau, de m'avoir fait me sentir comme « avant ». Sans vous, je n'y serais jamais arrivée : reconnaissance éternelle ! Puisse chacun évoluer dans une entreprise où le mot bienveillance prend tout son sens… Merci également aux prestataires et personnes que j'ai pu croiser dans l'univers professionnel, qui m'ont apporté leur soutien.

Je voudrais sincèrement remercier les policiers que j'ai rencontrés. Et leur rendre hommage. Notamment mes contacts à la Cellule antiterrorisme, ainsi que leurs équipes, et celles de la chaîne judiciaire. Je suis tombée sur des personnes extraordinaires, d'un professionnalisme exemplaire, extrêmement disponibles, patientes et empathiques. Dans ces moments de détresse, c'est essentiel. Le respect du secret de l'instruction, nécessaire au bon déroulement des investigations, ne me permet pas de raconter dans ce livre tout ce qu'ils ont accompli pour rechercher Lila. Je peux cependant affirmer qu'ils sont pugnaces et très impliqués depuis le début dans notre dossier, et qu'ils ne lâchent rien. Ils se reconnaîtront, merci à vous.

Je voudrais également remercier mes avocats, maître Berton et maître Toupry, qui ont déployé une énergie colossale pour défendre mes intérêts et ceux de Lila, et qui m'ont également prodigué de précieux conseils pour survivre à ce drame infini.

Enfin, je voudrais remercier mes deux amours : J. et H.

J., qui a réussi à rouvrir mon cœur, m'a redonné confiance en l'être humain et m'a permis de croire à un nouvel avenir en tant que femme puis maman, grâce à l'arrivée de notre bébé H.

Merci, J., de m'aimer au point d'avoir tout quitté pour refaire ta vie avec moi, de m'aimer telle que je suis, avec mes cicatrices encore vives, avec mon histoire si lourde à porter. Merci de croire en moi. Si la vie m'a fait croiser le pire des individus, on dirait que l'univers a œuvré ensuite pour m'envoyer le meilleur. Ton amour me sauve et me guérit chaque jour un peu plus.

Bébé H., un jour tu liras ces lignes. Je veux que tu saches que ton arrivée a été un véritable miracle… Un sourire de toi et tout s'illumine. Tu es l'essentiel qui me ramène constamment à la vie. Je t'aime tellement, mon amour.

Cet ouvrage a été imprimé
par CPI Brodard et Taupin à La Flèche
pour le compte des éditions Grasset
en janvier 2021.

Mise en pages
PCA 44400 Rezé

PAPIER À BASE DE
FIBRES CERTIFIÉES

Grasset s'engage pour
l'environnement en réduisant
l'empreinte carbone de ses livres.
Celle de cet exemplaire est de :
450 g éq. CO_2
Rendez-vous sur
www.grasset-durable.fr

N° d'édition : 21824 – N° d'impression : 3041207
Dépôt légal : février 2021
Imprimé en France